國王
王様ゲーム 終極
遊戲
金澤伸明
NOBUAKI KANAZAWA
終極

國王遊戲〈終極〉

目次

序章

【11月16日（星期一）上午8點25分】

「老師要介紹剛轉學過來的新同學給班上同學認識。來，進教室來跟大家自我介紹。大家拍手！」

一名同學笑著說：

「老師，不必拍手吧！」

「是嗎？有什麼關係，高高興興地拍手歡迎新同學，這很正常啊！」

這個老師跟小孩一樣天真無邪。班上的同學們也都很開朗。

教室裡洋溢著活潑快樂的氣氛，學生們都等著轉學生走進教室。

「噯，不知道是什麼樣的人呢？」

「好期待喔！」

「是男生還是女生？」

「要是女生就好囉！」

教室的門打開了，同學們嘰嘰喳喳地議論著。

「是男生啊……班上女生可開心囉。」

「可是，你不覺得他很帥嗎？」

「還好吧。呃～～還過得去啦。」

站在講台前，伸明自我介紹說：

「我叫金澤伸明。」

伸明依照老師的指示，走到最後一排靠窗的座位，坐了下來，然後凝視著窗外的風景。

有人突然拿手指戳了戳伸明的肩膀，轉頭一看，是個小個頭的可愛女生，笑瞇瞇地看著他，還伸出右手要跟他握手。

那個女孩，皮膚的顏色像是珍珠一般，彷彿這輩子從來沒被太陽曬黑過一樣。她有著圓圓大大的眼睛、清晰的雙眼皮、淺粉紅色的嘴唇。頭髮只有留到脖子，還用粉紅色的髮夾，把前額的頭髮夾在右耳旁邊。

「初次見面！我叫本多奈津子，請多指教！」

伸明的眼睛突然直直地瞪著，脫口而出問道：

「本、本多……奈津子？」

「對！請多指教！你名字叫伸明對不對？我可以叫你伸君嗎？」

「不會吧……我可以問妳一個問題嗎？妳認不認識本多智惠美？」

「誰啊？我不認識你說的女生。」

「妳、妳不認識？這是怎麼回事……」

「對了，你是從哪裡轉來的？」

「……名叫奈津子……」

「我在問你話耶！」

奈津子想伸手抓住伸明的手腕，被伸明嫌惡地揮開。奈津子把嘴嘟了起來。

「真是的，你好陰沉喔……打算一直這樣不理我嗎？」

突然間，奈津子的眼中閃露出光芒。

「其實啊，我認識本多智惠美喔！」

「咦？喂！妳們是什麼樣的關係！」

「騙你的啦！你總算肯跟我搭話啦！智惠美是誰啊？女朋友？還是前女友？看你一聽到智惠美這個名字，就變得緊張兮兮的，真是的～～」

奈津子忽然伸出手指點了伸明的手腕一下，但伸明依舊無言地瞪著她。

「我想跟你開開玩笑，緩和一下氣氛嘛，抱歉……你不要生氣喔。」

我才不想露出什麼開朗的表情、營造什麼開心的氣氛呢。打從轉學來的這一刻起，伸明就已經這樣打定主意了。

那段令人悲痛的記憶再度湧上心頭，伸明的眼淚不禁滴落下來。發現伸明默默在哭的奈津子，這才改用認真的眼神看著伸明。

「你該不會……哭了吧？」

「…………」

「對不起、對不起！我說了什麼讓你難過的話嗎？啊啊～～真是抱歉！我是大笨蛋、大笨蛋！手帕呢、面紙呢？哇啊～～都沒帶，我真是個不及格的女生！」

奈津子在制服的口袋裡翻找，接著在身上到處東摸西摸，發現沒有時，便趕緊把書包拿到桌子上，想找找看書包裡有沒有。

「妳不必為我費心啦。謝謝妳，還肯這樣關心我。」

聽到伸明這麼說，奈津子臉上露出了笑容，她把自己的桌子往伸明的桌子旁邊拉近。

「對啦，你一定還沒領到課本吧。我可以跟你一起看。」

「…………」

「你看，這是我最棒的傑作喔。」

奈津子把英語課本翻開來尋找，打開其中一頁，用手指著上頭。

「這是我畫的，老師的臉部肖像漫畫，像不像？不修邊幅，還有眼睛這邊，一模一樣對吧？」

「…………」

「還・有・喔！不可以因為我很善體人意，就・愛・上・我・喔！」

「嗄？」

「不知道有什麼辦法可以讓胸部變大一點……稍微大一點就好。胸部大比較有魅力對不對？我想，一定會變成萬人迷吧。」

奈津子露出可愛的表情，用手摸摸自己的胸部。

伸明呆了半晌，什麼話都說不出來。他就這樣盯著奈津子看了好一陣子。

這女生……是怎麼回事啊？是傻大姐個性？還是自由奔放過了頭啊？

伸明終究忍俊不住，鼻子哼的一聲笑了出來。

下課時間。班上同學們圍繞在伸明旁邊，就像是名人造訪校園一般，跟他問了好多好多問題。

「你為什麼要轉學到這麼鄉下的學校來啊？」

「你住在哪邊啊？」

「你以前的學校，有沒有很多漂亮女生呢？」

「午休時間要不要跟我們去踢足球？當守門員如何……？」

「你才是守門員吧！不可以因為自己不想當守門員，就逼新同學去當啊！」

「拜託你們，不要理我……」伸明這麼說道。周圍的同學們都瞪大了眼睛。

「不要理你……可是我們是同班同學啊，應該要當好朋友才對吧！」

「伸明，你的運動神經一定很不錯吧！現在足球最熱門了！你看，操場這麼大，而且草皮綠油油一片。不過，學校周圍也都是綠色就是了。」

伸明甩了甩頭，大喊：「不要管我！」說完便跑了出去，留下班上同學楞在原地。

「你要去哪裡啊？下一堂課馬上就要開始啦！」

伸明跑到校舍的後方，一個人蹲坐在葉子掉光、只剩樹枝樹幹的大樹陰影下。過了幾分鐘，才有人走到他身旁坐下來。

伸明抬頭望去，這才發現坐在身旁的是奈津子。

「你剛才是怎麼了？在以前的學校是不是發生了什麼事，才會轉學過來？難道是霸凌？伸君，你好像隨時都感覺到威脅似的，跟智惠美有關係嗎？如果不介意，可以跟我說嗎？」

「……別理我。」

「其實轉換一下心境……伸君，你要跑去哪裡啊？我在跟你說話耶！」

伸明拔腿直奔，也不管書包還留在教室裡，就這樣跑出了學校。

回到家門口，伸明垂著頭，打開玄關大門。母親套著圍裙出來迎接他。

母親知道伸明在之前那個學校，發生過什麼事。當然，不可能知道全部的詳情。

「這麼早就回來啦。還習慣新學校嗎？」

「我……也想跟一般人一樣，和班上同學打成一片啊！大家都是好人，而且看起來是那麼的開心。他們……」

「要是覺得難過的話，隨時都可以來找媽媽。雖然不知道能幫上什麼忙，但是，媽媽會盡一切的力量幫助你的。」

伸明把頭靠在母親的肩膀上，哭了起來。

然後，他回到自己的房間，拿起他、智惠美、直也三人的合照。

「智惠美、直也……」

伸明把照片按在胸口，躲進棉被裡，大聲地哭喊。

「可惡——！」

他就這樣一直躲在被窩裡，連晚飯也不想吃。

一直到了深夜，伸明才突然從被窩裡露出臉來。

他看著手機上顯示的時間。

【23：53】

他又鑽進被窩裡去，過了好幾分鐘。

【00：01】

「沒有收到簡訊啊……」伸明這麼自言自語道，把手機放在枕頭旁邊。

然後就這麼睡著了。

你有殺人嗎？

有。

你殺了誰？

智惠美……我的女朋友。

你為什麼要殺她？

……

當時你有什麼感覺？

不要問我……

當時你有什麼感覺？

我沒有殺她！我沒有殺她！

不要說謊。你明明親手殺了她。

不對！不對！不對……

承認吧。明明是你親手殺了她，現在才要說那是不得已的，這話能信嗎？

不是那樣的！

你為什麼要殺我？

「哇啊啊啊啊啊——！」

伸明一腳把棉被踢開，他的呼吸急促且紊亂。

「呼呼……是作夢啊……」

他用手抹抹自己的脖子，猛然冒出的汗水，不停地往下滴落。

那時的感受、還有智惠美的體溫，直到現在仍舊無法忘卻。

恐怕一輩子也忘不了吧。

再也不可能回到那一刻了。人生不像電玩遊戲，可以按下重來的按鈕。

在什麼事都沒有發生……國王遊戲也沒有展開的情況下，伸明平靜地度過了7個月的轉學生活。

這段期間，多虧了開朗熱心的同學，讓伸明逐漸轉變了心態。

原本，他並不打算跟別人有任何交集，也不想跟別人成為好朋友的。

可是，不知不覺之間，終究還是跟同學們打成一片了。

然後，彷彿像是一直在等待這一刻到來似的，悲劇開始上演了——

命令1

遊戲規則

1　全班同學強制參加。

2　收到國王傳來的命令簡訊後，絕對要在24小時內達成使命。

3　不遵從命令者將受到懲罰。

4　絕對不允許中途退出國王遊戲。

完畢

班級點名簿

1 赤松健太（Akamatsu Kenta）
2 井口明日香（Iguchi Asuka）
3 池谷華子（Iketani Hanako）
4 稲葉雅彥（Inaba Masahiko）
5 上松雪（Uematsu Yuki）
6 大居勝利（Ooi Masatoshi）
7 金澤伸明（Kanazawa Nobuaki）
8 倉本綾（Kuramoto Aya）
9 黑澤大輝（Kurosawa Daiki）
10 小林優奈（Kobayashi Yuuna）
11 榊原俊文（Sakakibara Toshifumi）
12 坂本拓哉（Sakamoto Takuya）
13 櫻井惠（Sakurai Megumi）
14 佐藤勇一（Sato Yuuichi）
15 神馬龍也（Jinba Tatsuya）
16 杉澤遼（Sugisawa Ryou）
17 高村美沙（Takamura Misa）
18 宅見七海（Takumi nanami）
19 谷川鮎美（Tanikawa Ayumi）
20 永田輝晃（Nagata Teruaki）
21 長谷川翔（Hasegawa Shou）
22 榛名蒼（Haruna Aoi）
23 古澤翼（Furusawa Tsubasa）
24 本多奈津子（Honda Natsuko）
25 松岡彩（Matsuoka Aya）
26 松本里緒菜（Matsumoto Riona）
27 綠川隼人（Midorikawa Hayato）
28 南理奈（Minami Rina）
29 村角愛美（Murazumi Aimi）
30 桃木遙香（Momoki Haruka）
31 雪村美月（Yukimura Mitsuki）

以上31名

【6月2日（星期三）下午4點10分】

下課後，級任導師守老師身穿全套靛藍色的運動服，站在講台前，奮力地大喊：

「明天就是我們等候已久的運動會啦！一定要拿優勝！打倒4班！」

「喔喔！打倒4班！」班上同學們跟著守老師一起喊道。

「這話可別傳出去，因為老師也不希望輸給4班的前田老師。」

「為什麼？」

「簡單地說，就是我的勁敵！」

「有說等於沒說嘛。老師，今天就穿運動服，太早了吧？」

在班上吵雜又歡樂的氣氛中，奈津子用雀躍的語氣這麼對伸明說：

「交棒給我的時候，一定要搶到領先的第一名喔！」

「我知道啦。」

「嗯，不過，就算你被別人超越了，我也會追回來的。反正到最後，一定會第一名抵達終點。」

奈津子吐吐舌頭，微笑地說道。

伸明和奈津子都有參加男女混合接力賽，排定的接棒順序是勝利、優奈、伸明、奈津子。

「伸君，要是你被人超越，變成最後一個的話……我可饒不了你喔。」

「放心吧！體力和腳力我很有自信，不可能輸給別人的。」

當天放學後，伸明穿過走廊時，看到兩個女生拿著水桶，在水龍頭那裡洗抹布。當伸明走過她們身後時，無意間聽到了她們的對話。

「聽說奈津子的爸媽都已經過世了，妳知道嗎？」

「沒聽說過耶。真的嗎？」

「嗯。奈津子好像曾經自殺過喔。大概是自殺的後遺症和精神創傷吧，她完全想不起小時候的記憶了。現在她和祖母住在一起呢。」

「好可憐喔……」

「妳不要跟別人說喔。奈津子好像不希望別人知道她的過去。」

雖然有著悲慘的過去，但是，奈津子現在卻過得那麼開朗，真是堅強呢。要是沒有母親的話……我就真的變成孤伶伶的一個人了。

伸明心中抱著一股哀愁，離開了校園。

【收到簡訊：1則】

當天深夜，手機出乎意料地響起鈴聲。

【6／3星期四00：00　寄件者：國王　主旨：國王遊戲　本文：這是你們全班同學一起進行的國王遊戲。國王的命令絕對要在24小時內達成。※不允許中途棄權。＊命令1：男生座號7號・金澤伸明、女生座號24號・本多奈津子　兩個人要親嘴　END】

這則簡訊和7個月前一模一樣。

7個月前，某個打著【國王】名號的人傳來謎樣的簡訊，一切事件便由此展開。簡訊裡的命令，彷彿殘酷地玩弄著班上同學，要他們為了生存而彼此競爭，是令人內心戰慄不已的命令。

要服從命令？還是要接受懲罰？班上的同學們，必須在終極的抉擇夾縫中做出決定。

有人為了保護心愛的人，寧願犧牲性命，卻也有人在憎恨之中，不惜害死同學。

就算想要逃避，也逃避不了。一旦把手機門號解約，或是拒絕接收國王的簡訊，就等於違反了遊戲規則，一樣要接受懲罰。

沒有任何方式能夠躲過懲罰……

原本和樂相處的同學們，突然變得互相敵視，友情被無情地撕成了碎片。

伸明失去了同學、摯友、女朋友……失去了一切，只剩他一個人存活下來。

【選擇要繼續國王遊戲或是接受懲罰】

這是最後一道命令。在終極的抉擇之中，伸明選擇了再一次參加國王遊戲。

「……終究還是收到了。雖然這麼說有些任性，但是，我還是忍不住期望，這樣平靜的日子能夠多過一天。這次……指名的對象是奈津子嗎？」

他回想起那段內心像是被利爪挖空一般的記憶。

伸明這樣望著手機的螢幕，過了好一陣子。接著，他緩步走向母親就寢的臥室。

母親睡得正熟，微微地發出了打鼾的聲音。伸明用幾乎是不想吵醒母親的微小聲音說道：

「開始了。」

「……雖然我早就有覺悟了，可是，真的開始了。」

「啊！媽還沒睡啊？」

母親裹著棉被，翻身朝向伸明，用惺忪的睡眼看著伸明。

「我已經睡了，不過還沒睡著。來，到這邊來坐著。」

母親從被窩裡伸出手來，握著伸明的手，慢慢地撫摸著。

「伸明已經長這麼大了，真的變成大人了呢。就像你的名字一樣，體格不斷地伸展抽高，而且個性明快開朗，看起來就像爸爸呢。爸爸一定也很想看到伸明長大的模樣吧。我們搬來的這個地方，其實是爸爸和媽媽充滿回憶的地方喔。」

「充滿回憶的地方？」

「是啊。這裡很平靜安詳，對吧？我想，這樣應該會讓伸明放下心頭的重擔才對。」

「……真是個好地方。」

「從今以後，媽媽每天都會親自下廚做菜，等伸明回來。每天都會做，而且要做很多，多到你吃不完那麼多。」

伸明什麼也沒說。他的雙手顫抖，淚水在眼眶裡打轉。

在母親面前，真的忍不住淚水，伸明趕緊走出臥室。

正要走出房門時，聽到母親在身後用哭喊的聲音說道：

「不要丟下媽媽一個人……」

聲音聽起來有些朦朧，大概是用棉被蓋著臉哭喊的緣故吧。眼眶裡積蓄的眼淚，一下子傾瀉而出。

「對不起，媽。」

伸明已經決定，要再一次參加國王遊戲。可是，這對他來說還是太困難了。只有他一個人孤軍奮戰，真的太困難了。

伸明回到自己的房間，正要趴回床上時，手機鈴聲突然響起。

【來電：本多奈津子】

「喂喂，聽得到嗎！剛才我收到一則很奇怪的簡訊耶！」

「………」

「寄件者寫【國王】，還有【國王的命令絕對要達成】呢！更扯的是，命令內容是【我要和伸君親嘴】！你不覺得很好笑嗎？」

「這是什麼簡訊啊？看不懂是什麼意思！會不會是誰在惡作劇啊？」

「就是說啊！可是，寄件人的號碼怪怪的……」

「別在意！一定是哪個蠢蛋亂傳簡訊。當作沒看到就行了。」

「對喔！不多聊囉。明天要比賽，早點睡吧！拜拜～～」

「晚安。」

通話結束之後，只聽到空虛的電子嘟嘟聲。

【6月3日（星期四）上午7點21分】

隔天早晨，伸明打開房間的窗戶，仰頭看著天空。

清澈的藍天，緩緩飄過波浪狀的雲，太陽發出耀眼的銀色光芒。

戶外不冷也不熱，是很舒服的氣溫。

讓人心情愉快的風，吹動著伸明睡覺時被壓得翹起的頭髮。

伸明準備好今天上學要用的東西，在玄關前小聲地跟母親說了一句「我要出門了」，母親則是用一如往常的笑臉，對他說「路上小心」。

伸明勉強自己微笑以對。

到了學校，走進教室。教室裡鬧哄哄的，已經有好多同學換上運動服了。大家都不瞭解自己身處在什麼狀況之中。在這個舉辦運動會的日子裡，究竟會發生什麼事呢？

運動會依照預定行程順利進行中。

一百公尺賽跑、滾大球、團體跳繩、借物比賽，一個項目接著一個項目進行下去。

女生穿著啦啦隊的服裝在旁邊加油，男生也不甘示弱，用歡呼聲來為隊友打氣。

「參加接力賽的同學，請到操場入口集合。」廣播聲響起，奈津子馬上站起身來，變得渾身充滿鬥志。

「一定要贏喔！各位同學，知道嗎？伸君，你有沒有拿出決心啊？」

「嗯……有。」

「太小聲了，聽不到！」

「抱歉。」

「一定要贏，絕對不能放棄喔！」

混合接力賽開跑了。擔任第一棒的勝利跑第二名，他把接力棒交給了第二棒的優奈，優奈又被別隊超越，順位倒退一名變成第三，她一面喊著「抱歉、抱歉」，一面把接力棒交給第三棒的伸明。

一接過棒子，伸明就使盡渾身的力氣猛力衝刺。

可是，不管他怎麼拼命，雙腿卻仍舊不聽使喚似的，和前方的第二名距離越來越遠。

奈津子臉上露出無比的鬥志，她的身體搖動著，在交棒區裡盡量往後退，等著伸明抵達。

伸明維持住第三名的位置，以些微的差距落後第二順位，總算把棒子交到了奈津子手上。

「交給我吧！」奈津子一接過棒子，就以短跑衝刺的速度邁開步伐。

伸明用雙手撐著膝蓋，一面大口地喘氣，一面望著迅速遠去的奈津子的背影。

「妳……要跑400公尺耶，妳跑得……太快了啦……」

穿著純白運動服的奈津子，身上斜掛著最後一棒的背帶，奮力地衝刺。她超越了第二順位，又逐漸拉近她和領先跑者的距離。

和領先跑者的差距越拉越近，可是終點線也急速逼近。

奈津子在只剩最後20公尺時，終於超越，取得領先地位，就這樣一路奔向終點，贏得了勝利。

這一瞬間，大夥歡聲雷動。奈津子天真無邪地高舉雙手，開心地接受同學們的歡呼讚揚。

「呼……呼……謝謝！太好啦～～！勝利、優奈、伸君，集合啦！」

「辛苦啦！妳一接棒就用衝的，我好擔心妳的體力撐不到最後呢。」

勝利這樣跟奈津子說，順手把毛巾交給了她。

「啊、謝謝！這叫做必勝的意志啊！因為我真的不想輸嘛。」

「妳好厲害喔！」優奈開心地抱著奈津子。

「不要這樣啦～～」

奈津子閉上一隻眼睛，另一隻眼睛卻睜得大大地四處張望。

「伸君呢？」

「伸明啊，就在那裡啊……咦？」

「在哪裡？」

「不見了。剛才還在那裡，站在終點線附近啊。」

「咦？」

「對啦，伸明還跟我說，要我轉告妳『恭喜恭喜，還有，真的很抱歉。』這句話。難道他回家啦？」

勝利這才回想起伸明有這樣交代他傳話。

「很抱歉？伸君！你跑到哪裡去啦！」

一小時後，伸明的手機接到了一則簡訊。

【6／3星期四14：27　寄件者：本多奈津子　主旨：伸君〜　本文：你跑到哪裡去啦？到處找你都找不到。馬上就要進行大會閉幕儀式囉，要發表比賽成績囉。現在馬上給我現身。留言跟我說對不起，是因為接力賽的事嗎？是不是我一直說非贏不可，給你造成了很大的壓力？如果是這樣的話，我才要跟你道歉。我是個大笨蛋。可是，我們都是同一隊的啊，本來就應該互相彌補失誤嘛！啊〜〜我到底想說什麼啊？跟大家一起領獎嘛，一起開心才好玩啊！】

這時，伸明已經走到學校外頭了。他把頭頂在圍住校園四周的鐵絲網上，出拳捶了鐵絲網好幾下，然後抓住鐵絲網，用力地拉扯，發出喀鏘喀鏘的聲音。

伸明把手機的電源關掉，頭也不回地離開了學校。

【6月3日（星期四）晚間11點42分】

夜深了，黑暗吞沒了一切。唯一的亮光，是照明道路的路燈，以及幾間民宅窗戶的燈光。

伸明尋找著能讓自己鎮定下來的地方，四處走著，到頭來，還是回到了學校。

他走到沒有人的頂樓，攀爬過四周的圍欄，坐在頂樓的牆邊，雙腳則是騰空搖晃著。

往下俯瞰，白天熱鬧不已的操場，現在卻變得非常安靜。

「運動會，很開心呢！真是個美好的回憶……媽，妳一定很擔心吧。不知道今天的晚餐有什麼菜。早知道，先回家一趟也好。」

伸明深呼吸了一口氣，把手機拿出來，重新開啟電源。他閉上眼睛，在腦海中思索著。

——我是把這個班級捲進國王遊戲的人。這場國王遊戲如果繼續下去，我恐怕還是會變成最後的生還者。

而且這次，到最後又會要我親手殺死某個同學。

就像我對智惠美做的事一樣。

要和奈津子接吻嗎？

智惠美是個很容易吃醋的女生，一定會很生氣吧。不過，隨便親一下，搞不好她會諒解也說不定？

當他望著自己的手掌時，背後突然傳來鐵門用力撞擊水泥牆的巨響。

「果然是伸明！找到啦！」

伸明把視線轉向聲音的來源。在黑暗中，實在看不清對方的長相。把眼睛瞇起來想要看得更真切一點，卻只有一個輪廓。是用手按住胸口、蹲在地上的人影。

「受不了～～一直跑一直跑……你真的很會找麻煩耶。」

聲音的主人重新站起身來，發出腳步聲，走向伸明。

是同班的愛美。

「為什麼中途就跑掉了呢？」

「我才想問妳呢，妳怎麼會知道我在這裡？」

「當然是拼命找啊。大家都很擔心，都在找你呢。可是怎麼打電話，都沒有人接聽。到底是怎麼回事啊？」

「愛美，拜託妳，妳先回家去吧……」

「人家是因為擔心，才會到處找你耶，你怎麼這麼沒禮貌啊？沒有別的話可以說嗎？」

「已經很晚了，妳還是快點回家比較好。」

「你這句話，跟剛才那句還不是一樣。既然你沒事，我就照你說的，先回家去囉。不過，你要記得跟奈津子聯絡一下。因為是她在擔心你，才會要我幫忙找人的。」

「奈津子啊……我知道了，謝啦。」

「唉，真是累死我了，我以後不想再這樣雞婆替你擔心了！你要記得打電話給她喔！」

說完之後，愛美就離開了伸明的視線。

「還是讓大家擔心了，真是……」
眼淚從臉頰滑下，一滴又一滴，花了很長的時間，才從頂樓一直滴落到地面上。
「我是怎麼了？最近怎麼老是動不動就想哭呢，真是……」
為了忍住淚水，伸明仰頭望著夜空。因為空氣非常清淨，天上的星星格外清晰。
無數顆閃耀的星星，點綴在夜空中。彷彿會把人吸入黑暗之中的深遠夜空。
看著看著，還真是令人著迷呢。
「今天的星星好漂亮呢。喂、你有沒有打電話給奈津子啊？」
「剛才打過啦。妳不是已經回去了嗎？」
「我有事情忘了說，所以又回來了。」
伸明回頭一看，站在那裡的竟然是穿著黑色襯衫、斜紋布牛仔短褲、腳上套著高跟涼鞋的奈津子。
大概是穿了高跟涼鞋的關係吧，她的雙腿看起來非常修長，跟平常穿制服的氣質不同，感覺比較成熟。
「你都沒打電話，奈津子只好自己來啦。」
奈津子的臉上泛起微笑。
「妳該感謝我喔！」後頭還聽到愛美以開玩笑的語氣這麼說。
「謝謝妳打電話告訴我，愛美！」
奈津子走到圍欄旁，蹲了下來，想要看清楚圍欄外頭的伸明臉上的表情。

「我們班得優勝囉！」
「是嗎？」
「怎麼這麼冷淡啊。為什麼你中途就離開了呢？因為我的關係嗎？你都沒有回我的簡訊。」
「不是因為妳的關係。」
「那為什麼要離開呢？」
此時，手機收到簡訊的鈴聲在黑暗中響起。
【收到簡訊：1則】
「奇怪，你的手機在響嗎？可是，剛才我打了好幾通電話，全都打不通啊！」
伸明拿出手機，轉個角度不讓奈津子看到，然後確認簡訊的內容。
【6／3星期四23：55　寄件者：國王　主旨：國王遊戲　本文：還有5分鐘　END】
「妳別管我，先回家去啦！」
伸明的眼眶有些濕潤，冷冷地這麼說道。
「你在哭嗎？好！今天我有記得帶手帕來喔！」
奈津子深呼吸幾口氣，好像是要讓心情平靜下來似的。
「我早就決定了，要是今天比賽得第一名，我就要遵從國王的命令！所以，我才會一直找你啊。所以我才會那麼想要贏得比賽啊！距離12點只剩5分鐘了吧？」
「別這樣。」

「因為你喜歡那個叫智惠美的女生嗎？」

「……對，我喜歡智惠美，無時無刻都在想她。永遠也不會忘記。」

「想她……意思是？已經分手了？是單戀？還是遠距離戀愛？至少跟我說嘛！」

「……算是遠距離吧？非常非常遠。」

「難道說，我就不行嗎？」

奈津子想要攀過圍欄，伸明慌張地站起身來，想要阻止她。

「蠢蛋！別過來！高跟鞋太滑了！」

「我不管！」

完全不聽從伸明所說的話，奈津子翻過了圍欄。伸明只好趕緊抓住奈津子的手腕。

「啊啊~~~嚇死我了！謝謝你。」

「別說什麼謝不謝的！快點爬回去啦！」

「你看今天的我，漂不漂亮？我有稍微用心打扮喔！看起來和平常不同，比較有魅力吧？」

在伸明眼前，奈津子轉了一圈。

「那才不重要呢！妳有沒有聽到我說的話啊！」

「你好過分喔，怎麼突然變得這麼凶呢？」

「我已經變了。」

「雖然你是生氣的表情，可是眼神卻充滿了哀傷……」

「你們根本不瞭解，接下來會發生什麼事！不久之後……就要發生最糟的壞事了。」

「那就告訴我，會發生什麼事啊！」

這時，伸明和奈津子的手機同時發出了鈴聲。

【收到簡訊：1則】

「剛才，伸君和我的手機，也是一起響呢。而且，是一樣的簡訊鈴聲。這是巧合嗎？」

奈津子一面這麼說，一面拿出手機看簡訊。

「還有5分鐘？還有60秒？【寄件者：國王】……？」

伸明不自覺地往後退了幾步，奈津子則是朝他的方向靠近，往前走了幾步。

「別靠近我。」

「嗳，難道說，我不能成為伸君的依靠嗎？」

「別說傻話了……」

「你又哭了，眼淚是不會說謊的，其實你很悲傷難過吧。為什麼？」

「我不需要依靠。」

「還在嘴硬。」

奈津子靜靜地把自己的臉埋進伸明的胸膛。洗髮精的香味……或是香水的香味，總之，一陣香氣飄入伸明的鼻腔。

奈津子伸出雙手，環抱住伸明的背，用力地抱緊他。

「請你和我交往吧。」

「為什麼是我？奈津子不怕找不到男朋友吧。我這樣的人，什麼優點都沒有……」

「反正我已經決定了。」

「……………」

「時間快到了吧？如果你願意和我交往的話，請你吻我。」

伸明用雙手按住奈津子的肩膀，把她推開。奈津子覺得非常訝異。

「這就是你的回答？」

「嗯。」

「唉，被甩了……我真的好羨慕智惠美喔。」

「這、這沒什麼好羨慕的吧。」

【收到簡訊：1則】

手機鈴聲又響了。懲罰的時間到了。

伸明撫摸著奈津子的頭髮，溫柔地把她抱在胸口。

「剛剛才把我推開，現在又為什麼要抱著我？」

「真的很抱歉。不該把妳拖下水的。」

「你想道歉的話……」

奈津子挺直背脊，輕輕地把自己的嘴唇貼在伸明的嘴唇上。

「誰叫你要抱住我，我可不會輕易放棄喔。」

雖然她的嘴唇是那麼的柔軟，但是，卻非常冰冷。

「這是我向智惠美下的挑戰書。」

「挑戰書……？」

好堅強的女孩啊。可是一想到……奈津子之後會發生什麼事，伸明的內心不禁揪緊了起來。

就像是要溫柔地保護她似的，伸明再一次抱住了奈津子。

「伸君，剛才我做的，都是跟你鬧著玩的啦。」

「鬧著玩的……是嗎？不過……這樣也好。」

手機鈴聲再次響起，是收到簡訊的鈴聲。

【收到簡訊：1則】

「你的表情怎麼這麼嚴肅？有什麼事嗎？」

「不、沒什麼。妳的身體沒有什麼異狀嗎？」

奈津子臉上露出害羞的表情。

「你、你想知道？」

「告訴我！」

「我的心臟跳得好快好快。就像是要從胸口迸出來一樣。」

伸明抱著奈津子，正想要確認一下簡訊內容，可是，伸明的手機又再次發出了簡訊鈴聲。

【收到簡訊：1則】

怎麼會這樣？不太對勁。總共收到了3則簡訊。

伸明趕緊拿出手機，打開收件匣確認。

第一則是：

【6／3星期四23：59　寄件者：村角愛美　主旨：給奈津子和伸明　本文：你們有沒有遵從國王的命令啊？我好期待喔，等你們報告囉～～！】

第二則是：

【6／3星期四23：59　寄件者：國王　主旨：國王遊戲　本文：確認服從　END】

接著，第三則是……

【死亡0人、剩餘31人】

命令2

【6月4日（星期五）午夜0點0分】

【6／4星期五00：00　寄件者：國王　主旨：國王遊戲　本文：這是你們全班同學一起進行的國王遊戲。國王的命令絕對要在24小時內達成。※不允許中途棄權。

＊命令2：男生座號6號・大居勝利、女生座號29號・村角愛美　大居勝利要舔村角愛美的腳。

男生座號23號・古澤翼、女生座號30號・桃木遙香　古澤翼要摸桃木遙香的胸部。

男生座號20號・永田輝晃、女生座號24號・本多奈津子　兩個人要做愛。

男生座號1號・赤松健太　要在大家面前自由下達命令。接到他的命令的人，必須服從照做，就像服從國王的命令一樣。

女生座號8號・倉本綾　要失去最重要的東西。

男生座號27號・綠川隼人、女生座號31號・雪村美月　這兩人各自傳送兩則寫著【去死】的簡訊給同學。※不發出簡訊的話將受到懲罰。收到簡訊的同學將會受到懲罰。指名已死的人無效。

全班同學　切勿做出國王遊戲中不必要的行為。

全班同學　不得深深安息。要朝已經決定的道路前進。　END】

在23點59分39秒時，愛美同時發出簡訊給伸明和奈津子，伸明把這則簡訊誤認為是懲罰的簡訊了。
到了23點59分55秒，伸明和奈津子接吻了。所以確認服從的簡訊隨即傳來。
伸明皺起了眉頭。他原本不想再服從國王的命令，可是卻還是無法逃脫。
但是，接下來的這一連串命令又是怎麼回事？都是自己害的嗎？
【要朝已經決定的道路前進。】
——這一次，我又要再度經歷國王遊戲的摧殘，然後活到最後一刻，再由我親手殺死誰嗎？
『你要活下去，承擔痛苦的折磨。』
莉愛死前的這句話，伸明總算瞭解是什麼感受了。
這時，伸明的手機收到了簡訊。
【收到簡訊：1則】
簡訊的鈴聲聽來是那麼的恐怖，每次鈴聲響起，都勾起伸明內心無限的恐慌。
因為，簡訊可能是捎來通知，告知某某同學已經死了。
「手機又同時響起來了耶。從剛才就這樣，而且好幾則簡訊……這是怎麼回事啊？」
奈津子想要看看剛才收到的簡訊，把手機打開來，卻被伸明伸手制止了。
「現在還不能看。要準備好打電話給大家，還有，準備好要用跑的。」
「咦？」
「我們都被某人給操弄了。」

【收到簡訊：1則】
手機鈴聲再度響起。伸明感覺到體內一股怒火，正急速地沸騰起來。
「這、說不定我得要負責，不過，才一開始，就這麼過分！實在是太可惡了！」
【6／4星期五00：00　寄件者：國王　主旨：國王遊戲　本文：因為沒有服從國王的命令，所以處以吊死的懲罰。男生座號27號・綠川隼人　END】
【6／4星期五00：00　寄件者：國王　主旨：國王遊戲　本文：因為沒有服從國王的命令，所以處以吊死的懲罰。女生座號2號・井口明日香　END】
已經有兩人受罰了嗎……接下來究竟該怎麼做，現在得要先想清楚才行。
自己的作為，有可能造成情況大幅變化。
伸明仰頭望著夜空，接著，他決定了。
「奈津子，快點打電話給全班同學。告訴大家，絕對不能睡！妳願意幫我這個忙嗎！」
「咦？這沒辦法吧！已經過半夜12點了耶。而且，今天才舉辦過運動會，大家都累癱了，現在恐怕都已經就寢了吧？」
「還沒！大部分同學都還沒睡。」
因為目前只有隼人和明日香受到懲罰，這表示其他同學還沒上床睡覺。
接著……【收到簡訊：1則】。
「又、又有一個人……」
伸明閉上眼睛思考著。

【不得深深安息】。這道命令照道理來看，應該是【不准睡著】的意思。

隼人和明日香早已經上床就寢了，結果他們兩人再也無法活著醒來，陷入了永遠的沉眠。

勝利和愛美、翼和遙香、輝晃和奈津子，都收到了額外的命令。

要是其中一人受懲罰而死，另一人也會因為沒有達成國王的命令，而遭受懲罰。

要是輝晃死了，奈津子就喪失了性行為的對象，也會因此受罰，等於是命運共同體。

至於【切勿做出國王遊戲中不必要的行為】，會不會和上一回一樣，指的是【不准為死去的朋友哭泣流淚】呢？

「我已經搞混啦！亂七八糟的！究竟是什麼意思啊！」

奈津子露出極為擔心的表情，看著伸明。

「你、你沒事吧？」

「我要是不快點行動的話，事情就嚴重了。」

「等一下！發生了什麼事，你至少該跟我說一下啊！跟這些簡訊有關嗎？為什麼你剛才要抱住我？還有，為什麼不准睡覺？」

「待會我會詳細跟妳說明的！總之，現在先打電話給大家，叫大家不要睡著！我負責打電話給男生！」

「那、至少你現在先告訴我，為什麼剛才要抱住我？」

【收到簡訊：1則】

「啊、又來了！現在這個節骨眼上，那種事根本不重要！」

伸明內心焦躁不堪，隨口就這麼回了奈津子的話。

「你怎麼這樣！對我來說……」

奈津子低下頭，好像快要哭出來了。

已經不能再這樣浪費時間了。要是她在這裡哭起來，那就更糟了。

「因為我突然覺得妳很可愛，內心有些動搖，才會抱住妳！」

「真的嗎？」

「嗯！妳快點聯絡班上的女生！現在我只能拜託奈津子妳了！」

「嗯！」

伸明正打算翻過圍欄時，奈津子用手抓住了伸明的袖子。

「我……絕對會讓你變心愛上我的。」

——我……這場遊戲結束之後，我恐怕已經死了，所以變心是絕對不可能的。再說，根本沒有人能比得上智惠美。

伸明無言地報以微笑，翻過圍欄，先打電話給隼人。

隼人和明日香都被處以吊死的懲罰，現在說不定還來得及救他們。

一定要阻止他們。就算把他們綁在柱子上也行，只要能阻止他們上吊就可以了。

『您撥的電話目前無人接聽……』

「可惡！」

伸明順著階梯往樓下跑，這次改打給明日香。電話響起等候的音樂，可是，卻沒有人接電話。

「明日香已經遭遇不幸了嗎？如果睡著了，就快點醒來啊！醒來啊！我馬上就趕過去！」

『嗯？……這麼晚了是誰找我啊？』

「明日香！是我，伸明！」

『喔～～是伸明啊。怎麼了嗎？』

「快點叫妳爸媽把妳綁起來，讓妳無法自由行動！現在就去！」

『你到底在說什麼啊？別開玩笑了好不好。對了，你今天臨時離開學校……大家都在擔心……』

突然間，明日香的說話聲暫停了，只聽到手機摔落到地板上的聲音。

「明日香！喂！快點回答我啊！」

只聽見沉重地踏在地板上的腳步聲，而且，聲音越來越大。

接著，發出了啪喀的碎裂聲，通話就中斷了。聽起來像是什麼很重的東西壓在手機上頭，把手機給壓壞了。

平日人來人往的校舍樓梯，現在靜悄悄的。只有附近的廁所，傳來滴答、滴答的水滴聲。

這時，伸明感覺到身體有些不對勁。

和平常的身體大不相同，好像使不上力似的。就像是用力地吹氣球，一直吹到自己缺氧的那種感覺。

一瞬間，意識彷彿就要飄走了。伸明趕緊搖搖頭。

嘟嚕嚕、嘟嚕嚕。

即將喪失的意識，在聽到簡訊鈴聲的同時，又被抓了回來。

伸明先伸手握住樓梯的扶手，讓自己搖晃的身子重新站穩。

意識真的越來越模糊了。他咬緊牙關，用拳頭猛敲自己的頭。

等到確定自己能夠站穩之後，才拿起手機查看剛收到的3則簡訊。

【6／4星期五00：03　寄件者：國王　主旨：國王遊戲　本文：因為沒有服從國王的命令，所以處以吊死的懲罰。女生座號3號・池谷華子　END】

【6／4星期五00：04　寄件者：國王　主旨：國王遊戲　本文：因為沒有服從國王的命令，所以處以吊死的懲罰。女生座號13號・櫻井惠　END】

【6／4星期五00：07　寄件者：國王　主旨：國王遊戲　本文：因為沒有服從國王的命令，所以處以吊死的懲罰。男生座號23號・古澤翼　END】

這次的國王命令中，要求翼必須摸遙香的胸部。要是翼現在就死掉的話，遙香也等於要連帶受到懲罰了。

翼的家離學校比較近。

說不定還趕得上！不！一定要趕上！

伸明甩甩頭，抓著扶手站好，然後朝著翼他家的方向全力奔跑。

他一面跑，一面打電話給翼。可是沒有人接。

接著，又打電話給健太。

『嗨！你這半途就落跑的傢伙，這麼晚了，還打電話找我啊？』

「我有重要的事，要當面跟你說。現在可以去你家嗎？」

『現在來我家？不能在電話上說嗎？明天再說行不行？』

「不行！我馬上就趕過去，你千萬別睡，等我一下就好！」

『已經半夜了耶。好吧，那我在家裡等你來。』

「太好了。還有，你有沒有收到奇怪的簡訊？」

『有啊。一則接著一則，真是有夠煩的。』

「我之後會跟你說明原委，總之，你千萬不要把簡訊設在黑名單裡！」

『雖然聽不懂你在說什麼，不過我瞭解了。你現在是用跑的嗎？呼吸怎麼這麼急促？』

「我是用跑的，待會兒見了！」

這麼一來，健太等我的這段期間，應該就不會上床睡覺了吧。

當伸明邊跑邊跟健太通電話時，不知不覺已經跑到了翼的家門口。

他按了好幾次對講機的按鈕，又用力地敲著門。

「抱歉這麼晚來打擾！我是翼的同班同學金澤！請幫我開門！」

「誰啊！這麼晚了！」

翼的父親怒氣沖沖地打開門來。

「我是和翼同班的金澤！請問，翼現在在房間裡嗎？」

「啊？翼的同班同學？」

「翼的房間在二樓嗎？抱歉打擾一下！」

對方還沒答應，伸明就鑽過空隙衝進玄關，脫下鞋子隨意扔在地上，然後往樓上衝。

「喂！等一下！你這小子！」

無視於伯父的怒罵，伸明跑上階梯，看到左右各有一個房門。

先打開右邊的房門，結果看到一個年輕女性穿著睡衣，坐在梳妝台前面擦保養乳液，大概是翼的姊姊吧。

「弄錯了！是左邊嗎？」

「你、你是誰？呀啊啊——！」

「你跑到我女兒房間想做什麼！」

「放開我！拜託你放開我！」

翼的父親用粗壯的雙臂從身後架住了伸明，伸明無論如何都無法掙脫，只好用腳狠狠一踢，踹開左邊的房門。

「翼！翼——！」

在房間裡，翼正拿起電視遊樂器的電源線，纏在脖子上，打算要上吊。

看他的動作，就像是被人用線操控的人偶一般。

「總算趕上了！」

「翼！你、你在做什麼傻事……」

伸明擺脫了伯父的控制，飛身撲向翼，把翼撲倒在地板上。

翼什麼話也沒說，他的眼睛朝著伸明的方向看，可是，視線的焦點卻好像是看著遠方，無神又無力。

「你清醒一點！」即使用力地甩他巴掌，翼也沒有反應。

就像人偶一樣，沒有活力也沒有生氣。

「為了不要讓翼亂來，快點拿繩子給我！」

站在房門口的伯父和姊姊都楞在當場，反應不過來，伸明又再一次催促他們拿繩子來。

就在伸明轉頭說話時，翼卻打算用單手把被壓倒在地的身體撐起來。

伸明乾脆跨坐在翼的身上，用雙腿夾緊他，然後用雙手壓制住翼的雙手。

即使如此，翼還是沒有說出半句話，也不再抵抗了。他的嘴巴張得大大的，臉卻像是死人一樣。

「你叫金澤是吧？多謝你趕來幫助翼，剛才很抱歉，隨便對你發脾氣。」

「只要把他綁在柱子上，他就沒辦法上吊了。拜託，快點拿繩子來。」

「已經沒問題了，我會好好勸他的。我會跟他問清楚，為什麼突然想要自殺。」

「伯父，您看看翼的表情！這不是他自願的行動，您應該看得出來吧！拜託您了！」

伯父親眼看了看翼，才知道大事不妙，臉色頓時變得鐵青。

就在此時……【收到簡訊：1則】。

雖然救了翼一命，可是在此同時，卻有其他人受到懲罰了。這樣下去，恐怕真的會陷入永遠無法醒來的沉眠之中。
「怎麼會這樣呢？翼……」
年輕女性臉上帶著驚恐，靠近伸明。
「您是翼的姊姊嗎？」
「是。」
「等我把翼綁好之後，還要趕去別的地方。請您一直陪在翼的身邊好嗎？」
「………」
「拜託您了！」
姊姊雖然渾身發抖，卻還是點了點頭。
「謝謝您。稍後我會留下我的手機號碼，如果發生了什麼事，請務必跟我聯絡。」
此時聽到有人匆忙跑上樓梯的聲音，只見伯父拿著膠帶走進了房間。
「我沒找到繩子，只找到膠帶而已。」
「膠帶更好，這樣就行了。」
翼的表情實在不太好看，想到這裡，伸明趕緊用手把翼的下巴給推上去，讓原本大大張開的嘴巴闔上。
伸明把翼的上身抬起，弄成坐著的姿勢，背靠著床腳，然後用膠帶纏了一圈又一圈，直到翼無法動彈為止。伯父一直很擔心地看著，不知道兒子為什麼會突然想不開。
「你為什麼要做傻事呢……」

翼沒有回答。表情也毫無變化。

「如果有煩惱，可以找我談啊。爸爸隨時都願意聽你說，畢竟我們是家人啊，翼——！」

伯父流下了熱淚。

其實，翼並不是因為煩惱而想要自殺。伸明很想跟伯父解釋清楚。

伯父應該也看得出來才對，現在的翼非常古怪。

只不過伯父現在心情非常激動，看見自己的兒子發生這種事，也難怪會失去平常心。

接著，又是一通……【收到簡訊：1則】。

人的性命，就這麼輕易地消逝了。

伸明把自己的電話號碼寫在書桌上的筆記本裡，交給姊姊。

「發生了什麼狀況的話，記得跟我聯絡。翼就拜託你們照顧了。」

「是不是該帶他去醫院比較好？」

「……這由你們決定吧。不過，千萬不能讓他離開你們的視線。」

深深地低頭致歉之後，伸明用跑的離開了翼的家。

到了外頭，藉著路燈的光線，伸明趕拿起手機開始編寫簡訊。

「總之，先讓大家集合起來吧，可是，他們不想來的話怎麼辦？有了！」

【有人在豐後公園拍電影耶！說不定會看到大牌藝人喔！要不要過來看看？】

伸明把這則簡訊同時傳給班上的同學。

雖然這方法很幼稚，但是，說不定有人會因此感到好奇，就算是半夜也會跑來看。

就算不信也沒關係，只要同學們看到這則簡訊，就會議論紛紛，暫時睡不著覺，這樣就能多爭取一點時間了。

傳送簡訊之後，伸明開始確認剛才在翼的家裡時，手機收到的簡訊內容。

【6／4星期五00：18　寄件者：國王　主旨：國王遊戲　本文：因為沒有服從國王的命令，所以處以吊死的懲罰。女生座號17號・高村美沙　END】

【6／4星期五00：20　寄件者：國王　主旨：國王遊戲　本文：因為沒有服從國王的命令，所以處以吊死的懲罰。女生座號18號・宅見七海　END】

又有2個同學遭到懲罰了。

嘟嚕嚕、嘟嚕嚕。

【收到簡訊：1則】

會不會有人被剛才發出的「誘騙」簡訊給釣上鉤了？

或者，又是誰遭到國王的懲罰？

在確認簡訊之前，伸明先打電話給奈津子。

『喂喂？怎麼了？』

「妳有沒有打電話給班上女生，叫她們不要睡覺？」

從電話那一端傳來一陣笑聲，還聽到愛美在旁邊說：「噯、是不是伸明打來的？」

『愛美，等一下再說啦！』

「妳沒有打電話，對吧？」

『因為愛美來找我啊，我們聊著聊著，就忘記打電話了……抱歉。』
「是因為我沒有跟妳說清楚後果才會這樣。拜託妳打電話的我，才是最傻的人。」
『你在生氣嗎？』
「我沒有生妳的氣。我是在生我自己的氣。」
『嗄？為什……』
伸明沒等對方說完，便逕自掛掉了電話。他的確對自己感到生氣，也同時對奈津子感到生氣。
奈津子再過不久，就會瞭解到伸明所說的「打電話給大家，叫大家不要睡著！」有什麼含意了。
這時，回憶突然在伸明的腦海中湧現。
7個月前，國王遊戲的最後一則簡訊，裡面就寫著【本多奈津子】這個名字。
要是能夠熬過今天，本多奈津子……我一定要查清楚妳的底細。
雖然只是個人的預感，但是，伸明感覺奈津子似乎不應該存活下來才對。
不知道為什麼，單純就是直覺，讓伸明覺得奈津子非常危險。
這時，又收到了2則簡訊。
拜託，千萬不要是懲罰的簡訊。如果是回覆我剛才的簡訊就太好了。伸明惶恐地確認那3則簡訊的內容。
【6／4星期五00：25　寄件者：倉本綾　主旨：Re　本文：真的假的！我要去看！我

找遙香一起去。】

【6／4星期五00：26　寄件者：南理奈　主旨：Re　本文：騙人的吧？我才不相信呢！】

【6／4星期五00：27　寄件者：佐藤勇一　主旨：Re　本文：這是騙人的吧？我才不上當呢。對了，剛才就一直收到意義不明的簡訊，什麼不服從國王的命令就要上吊之類的，所以我打電話給翼，可是他沒有接。我又打電話給那些指名要上吊的同學，可是全部都沒有接。是上床睡覺了嗎？你不覺得很奇怪嗎？】

「太、太好了，幸好不是懲罰的簡訊！」

伸明總算放心了一點，他開啟通訊錄，打算繼續打電話。

就在這一瞬間，螢幕發出亮光，自動切換成收到簡訊的畫面。

【6／4星期五00：28　寄件者：國王　主旨：國王遊戲　本文：因為沒有服從國王的命令，所以處以吊死的懲罰。男生座號21號・長谷川翔　END】

「完蛋了！真的完蛋了！根本來不及反應！」

這時，有人打電話找伸明，是從沒見過的電話號碼。

伸明疑神疑鬼地接起電話。

「喂？」

『金澤同學嗎？我是……翼的姊姊。翼的狀況……』

翼的姊姊一邊說話一邊哭泣，結果句子最後幾個字全都聽不清楚。

「發生什麼事了？」

『……他突然……大吼大叫……又想要掙脫……我不知道……該怎麼辦……才好？……我爸也拿不定主意。』

伸明不知該如何回答，翼的姊姊繼續說道：

『金澤同學……該怎麼辦才好？』

「這……請你們帶他到醫院去吧。」

『要帶他去看哪一科呢？精神科嗎？他變得好暴躁，嘴裡還吐出好多泡沫！』

電話那一頭的驚愕全都照實傳達到了電話這一頭。電話背後傳來彷彿猛犬在怒吼的聲音，實在是難以用言語來形容。

「帶他到醫院去，請醫生來判斷他的症狀，他們應該會幫你們安排。」

『翼為什麼會變成這樣呢？剛才明明還很正常啊！』

喀鏘！聽聲音像是姊姊的手機掉到了地上。不過，電話並沒有掛掉。

電話那一頭，聽得到姊姊哭泣呼喊的聲音。伸明的內心就像刀割一樣難受。

翼，你現在是什麼樣的心情呢？你在想些什麼呢？

你現在沒有任何自我意識，只是個任人操弄的傀儡嗎？

還是你照著本能在行動，變成野獸那樣了？

其他受到懲罰的同學，現在是什麼樣的心情呢？

那些面臨死亡的同學，現在又是什麼心情呢？

雖然翼的家離這裡不遠，可是，現在不能過去。得要盡快跟大家說明狀況才行。

得要把國王遊戲的可怕之處告訴大家才行。

伸明重新打電話給班上同學。

「能不能現在就到豐後公園來！剛才我傳簡訊說有人在公園拍電影，其實是騙大家的，真的很抱歉！可是，真的有很重要的事，希望大家能夠集合，我才不得已這樣騙人。我會跟大家說明那些奇怪的簡訊有什麼含意！還會跟大家說明接下來會發生什麼事！雖然現在很晚了，我還是希望大家能偷偷出門一趟。拜託大家了！」

伸明說完這些就立刻掛電話，不等對方回應。因為他也沒時間聽對方質疑或反問些什麼了。

幾經思考之後，這是他唯一能做的事。

因此，伸明急忙趕往公園。

【6月4日（星期五）午夜0點50分】

這個季節的豐後公園，開著紫色的紫陽花和紫珠花，讓人一眼就能明瞭季節的變遷。

公園周圍種了許多大樹，把公園腹地給包圍起來，然而園內並沒有路燈。

只有微微的月光勉強照亮地面，四周則是一片陰暗。

風吹得樹葉沙沙作響，公園一角設置的鞦韆，也靜靜地搖晃著。

伸明向四周張望，卻感覺不到人的氣息。

「沒有人來公園嗎？」雖然他這麼叫道，但是沒人回答。

他獨自站在公園正中央，屏息等待同學抵達。

伸明的腦海中，浮現出7個月前那段令人害怕的過去。他也對即將發生的事做好了心理準備。

將會有人死在這個公園裡。

幾分鐘後，在黑暗的那一頭，傳來了聲音。而且聲音越來越大。

伸明把視線移往公園的入口。聲音的主人是奈津子和愛美。

奈津子看到伸明，馬上跑了過來，在他面前低頭道歉。

「剛才真的很對不起。」

「我已經不在意了。」

「你何必發那麼大的脾氣呢？」愛美想要幫奈津子說話。

「我說過了，我沒有在生氣。妳們兩人都肯過來，我真的很感謝。」

「你沒在生氣？你的表情明明就是在生氣嘛！你都不瞭解奈津子的感受……」

「別再說了，愛美！」奈津子出言制止想要吵架的愛美。

愛美板著一張臉，導致氣氛變得很僵。

「都這麼晚了，還叫我出來，伸明，你一定要好好解釋清楚才行喔！」

輝晃一面抱怨著，一面走進公園。輝晃是這次命令中，被指名要和奈津子做愛的人。

接著，班上接到電話的同學，一個接著一個來到公園集合了。大家把伸明包圍在中間。

每個人臉上的表情都各不相同。有人感到困惑，有人感到焦慮，有人感到不安，也有人感到好奇。雖然不是全班都到齊，但是來公園的人還不少。

伸明擺出最認真的表情，開始說明：

「接下來我要說的話，大家可能會覺得難以置信。不過，我要說的都是真的，請大家用心聽。」

「你是說國王遊戲嗎？簡訊上指名的那些人，真的上吊自殺了嗎？」

在陰暗的公園裡，有人發言直搗核心，讓伸明內心感到猶豫。

伸明越來越不敢正視班上同學的臉，只好把視線投向地面。

「我現在就照順序來說明……」

「照順序？快點說清楚啦！一定不單純吧！這個叫國王遊戲的東西！」

明。

勝利突然上前抓住了伸明的領口。平常個性沉穩的勝利，現在卻用非常銳利的眼神瞪著伸明。

「快點說明啊！不要這樣愛說不說的！簡訊上那些【處以吊死的懲罰】的人，為什麼都不接電話呢？」

站在後頭的拓哉怒斥道。

這時，臉色鐵青的彩，突然闖進了同學之中。

「……剛才，我來這裡的途中，順道去七海她家看看，但是我叫她都沒有回答，走到她房間外之後，往裡頭一看，發現她……居然上吊了。」

這句話引發男生們一陣騷動，女生們則是驚聲尖叫起來。

「這、這是因為沒有服從國王的命令，才會遭到懲罰……」

伸明視線低垂，如此說道。

「哪有這種事……不可能啦！絕對不可能！是瘋狂殺人魔幹的對吧？」

眼神猶疑、臉部肌肉抽動的勝利，一面往後退、一面這麼說。

「不是殺人魔幹的。我不知道該如何說明，但是，這是超越科學解釋的力量在作祟……」

「哈哈哈，全都是你安排的吧？想要騙我們，把我們耍得團團轉，對吧？我才不會上當呢！」

「不是我安排的，我也沒有騙大家，是真的。」

在黑暗中，突然有人激動地喊道：

「等一下！為什麼伸明對這些事情知道得那麼詳細？為什麼他知道發生了什麼事？」

伸明保持沉默。勝利又上前一步，抓住他的領口，大喊「快告訴我！」，然後將他抬離地面。

伸明深呼吸了一口氣，閉上眼睛說：

「因為，我以前體驗過這樣的國王遊戲。」

勝利停止了動作，其他同學也都楞在當場。

奈津子露出膽怯的神情，渾身顫抖地問伸明：

「如果伸君說的是真的，那……以前的國王遊戲，最後怎麼了？」

伸明再次沉默了。

「快點說清楚啊！」勝利怒吼道。

繼勝利之後，其他同學也七嘴八舌地質問起伸明。

「會發生什麼事，快說！」

「我們有權利知道吧！」

「快告訴我們！」

伸明用很小的聲音說：

「大家……都死了。」

勝利終於把伸明給放開，往後退了兩步。

「你是在開玩笑吧？伸明。」

「抱歉，這不是在開玩笑。」
原本咒罵吵嚷的聲音，突然安靜了下來。
「一開始，我也不相信是真的。我之所以傳簡訊叫大家【不要睡著】，是因為一旦睡著，就會遭到懲罰。」
伸明環視著周圍的同班同學。
「還有，國王簡訊裡的【切勿做出國王遊戲中不必要的行為】，指的是【不可以哭】。只要流下眼淚，就會遭到懲罰。」
大概是受到相當大的打擊吧，沒有人回半句話。
唯一打破沉默的人是奈津子。
「所以，你才要我打電話給大家，叫大家『不要睡著』嗎？」
伸明無言地點了點頭。
「真的很對不起。我知道現在說這個不太恰當，不過，可以問你一個問題嗎？」
「嗯。」
「那個叫智惠美的女孩，還活著嗎？」
「我不是跟妳說過了嗎，那是遠距離戀愛。因為再也見不到她了，所以我心裡一直想念著她。」
「原來是這麼回事啊……」
但是愛美卻很不諒解，狠狠地質問伸明：

「你拒絕了奈津子的吻，對吧！可是後來，你卻又抱住她！因為你知道如果不服從命令，就會遭到懲罰，對吧？」

「嗯嗯，我知道。」

愛美氣瘋了，拉高聲調繼續說：

「原來你一開始打算要把奈津子害死！你想對奈津子見死不救！是嗎？回答我！」

班上同學都將銳利的視線投向伸明，嚥下口水，等著他回答。

「快點回答啊！你現在還在想藉口嗎？」

「我的事不重要啦，不要再逼他了。」奈津子想要平息愛美的怒氣。

「奈津子不要說話！我想聽聽伸明怎麼說，如果真是那樣，我絕對饒不了伸明！」

愛美以殺氣騰騰的眼神，狠狠瞪著伸明。

彷彿像是要擋開這可怕的視線似的，伸明抬起手遮住自己的臉。

「愛美說得沒錯。我原本……想要讓奈津子受到懲罰……不，應該說我想殺了她。真的很對不起。」

愛美深深地吸了一口氣，臉漲得通紅。

「差勁的傢伙——！你把奈津子的性命當成什麼了！你這種人，不配得到別人的信賴！」

班上的同學開始用唾棄的字眼咒罵伸明。

「你真的太過分了！去死吧！」

「沒想到我們班上有這種同學，唉！」

「看到你的臉就覺得噁心！真是差勁到極點了！」
「快向奈津子道歉！」
「你滾吧！去死吧！沒人性的傢伙！」
被眾人的聲勢所壓倒，伸明不禁感到膽怯。
他一而再、再而三地低頭道歉，卻沒有人肯聽他說話，換來的只有陣陣怒罵。
伸明很想逃離現場，可是，四周早已經被同學們圍住，就算想逃也逃不了。
只有奈津子，拼命地想要說服同學們，讓大家消氣。但是，他們也對奈津子的話充耳不聞。
班上同學的憤怒，已經沒有人能阻擋了。
「你分明就是想要害死奈津子！」
「是伸明害我們被捲進這種國王遊戲裡的吧？你們說是不是？」
「絕對是這樣！該不會，就是伸明你殺死全班同學的吧？」
「傳送簡訊的人也是你吧？把你的手機拿來，喂！快把伸明的手機搶過來！」
伸明把手機握在手上，緊緊貼住胸口，想要守住手機。
7個月前收到的那些國王簡訊，伸明只留下了2則，其餘的都刪掉了。剩下的那2則簡訊，伸明留著警惕自己，鞏固自己的決心和誓言。
班上同學越靠越近，把包圍的圓圈縮小。
伸明好幾次搖頭拒絕，一面後退、一面想要說服大家。
「拜託，不要這樣……現在最重要的事，不是責怪我啊！」

好恐怖！同學變得好可怕！伸明打從心底這麼想。

「別理他，快搶過來！」

同學們一擁而上，先把伸明給架好，然後把他壓倒在地上。

他的臉、手、腳都被按在地上，手上緊握的手機，也被勇一給奪走了。

「我來看看以前的簡訊內容。」

「住手——！」

勇一打開了手機。

「找到啦！什麼？【選擇要繼續國王遊戲或是接受懲罰】？還有【金澤伸明　親手殺死本多智惠美。】……」

這一瞬間，周圍又恢復了寂靜。同學們暫停了所有動作。

「智惠美是……這傢伙以前的女朋友嗎？這傢伙居然親手殺死自己的女朋友！」

「不是的！那是有理由的……」伸明想要喊叫，但是臉卻硬被按在地上。

「閉嘴，沒有人在問你！」

「真、真是太惡劣了……為什麼沒被警察逮捕？快跟他問個清楚！」

「等一下，還有照片呢，你們大家看看！」

勇一把手機拿給周圍的同學們看。

「只有留下這一張嗎！這個女生就是智惠美嗎？另一個男生是誰？這個男生也被你殺了嗎？」

「殺了自己的女朋友，居然還留下照片，把照片刪掉！」

勇一抓起伸明的頭髮，把他的臉拉起來，然後將手機拿到他眼前。

手機螢幕上出現的是伸明、智惠美、直也三人的合照。

「我現在就把這張照片刪除！」

「拜託你……不要刪掉。」

畫面切換過去了。

【要刪除這張照片嗎？　Yes　No】

畫面再一次切換，顯示出【已刪除】的字樣。

就在此時，在場所有人的手機都響起了收到簡訊的鈴聲，每個人設定的鈴聲都不同，所以聽起來格外吵雜。

「拜託你們，把我放開吧，我求你們……」

聽到伸明這句話，同學們反而一陣大笑。

「有什麼好笑的！」伸明對自己的無能為力感到悲哀，只能用手指抓起地面的沙子。

「啊哈哈哈！這傢伙居然哭了耶！有夠蠢。不過是刪掉一張照片，居然就哭了！」

「不是的。你以為我哭是因為照片的關係嗎？」

愛美不安地拍了拍正在大笑的勇一的肩膀。

「勇一，現在伸明的手機在你的手上吧？那麼，是誰傳簡訊給大家的呢？你不覺得很詭異嗎？」

「管他的，一定是預先設定好了，所以才會在特定時刻傳送簡訊吧？」
伸明從眼中汩汩流出的淚水，一滴一滴落在白色的沙地上，把白沙浸濕成了黑色。
「上次，我因為哭泣而喪失記憶。【切勿做出國王遊戲中不必要的行為】這道命令，也害死了我好多朋友。這次，我不知道會受到什麼樣的懲罰。」
「嗄？這傢伙在說什麼啊？」
「就算我死了，也不會有人為我感到悲傷了，只有一個人……」
勇一就像是要把菸蒂踩熄一般，用腳把伸明的頭踩進沙土裡。
伸明只能咬緊牙關，但淚水已經無法遏止。
「就算你死了，在場的人也沒有人會為你感到悲傷的！蠢豬！」
「拜託你們，聽我把話說完……我瞭解大家想要責怪我的心情，因為我把你們捲進了國王遊戲，所以，就算被大家咒罵、就算受到最嚴厲的懲罰，也都沒有怨言。因為這不是你們的錯。錯的是我，真的很對不起。」
可是，一定要有人站出來終結這個國王遊戲。所以，我才會決定再一次參加國王遊戲。為了那些在悲傷中、在哭泣中死去的朋友們，達成他們未了的心願，我才會這麼做。我這麼做都是為了要結束國王遊戲的輪迴！」
「喂，有誰能把這傢伙說的話翻譯成白話文啊？我們只知道，你是個差勁的傢伙！」
伸明掙扎揮舞著手腳，一面哭泣一面大喊：
「接下來我就要受到懲罰了！我馬上就要死在你們面前了，拜託，快放開我吧！」

「我們才不會上當呢，你只是想找藉口逃走罷了！」勇一伸手摀住伸明的嘴巴。

——不對！你們沒聽清楚我剛才說的話嗎？7個月前進行的國王遊戲，只要流下眼淚就會受罰。所以，這次我一定躲不過……班上的同學之中，要是有人看到我慘死，一不小心流下眼淚，就會引發連鎖反應了。

「喂，勇一……國王的簡訊上寫著你的名字耶。是你要接受懲罰耶。」

「有什麼好怕的！以前殺死全班同學的，是這個傢伙對吧？既然我們把這個殺人魔給壓制住了，那就沒有人會受傷啦。」

——勇一要受罰？勇一並沒有收到任何明確的命令，而且也沒有哭啊。為什麼他要受罰？

「把手……放開……有沒有人……懲罰……我……」

因為嘴巴被勇一給堵住，伸明說的話斷斷續續，讓人摸不著頭緒。

【切勿做出國王遊戲中不必要的行為】……難道不是指【流眼淚】這件事？

為什麼不是流下眼淚的我要接受懲罰呢？

在伸明的眼前，滴下一滴液體，接著又一滴、再一滴，滴落到地上。

伸明勉強抬頭張望，看到勇一伸手用手背抹著鼻子，還吸了吸鼻子。

鼻血漸漸流出，把嘴巴周圍染成了血紅色。

「誰、誰有帶面紙？我流鼻血流個不停啊……」

「勇一在流血耶。這就是懲罰嗎？這、這怎麼可能……」

美月臉色鐵青，往後倒退了幾步。

「為什麼會這樣，美月？」勇一把頭高高仰起，然後用手捏住鼻子，想要止住鼻血。

他的手不再按住伸明的嘴巴，伸明終於可以張口大叫。

「你們有沒有收到要懲罰我的簡訊？快點告訴我！」

「沒有收到……」

美月說話了。她在恐懼中一面流淚一面說道。

勇一再次攫起了伸明的頭髮，怒吼時不由自主地噴出口水：

「怎麼會這樣？快告訴我！你這傢伙，究竟對我做了什麼！」

「……我什麼都沒做。」

勇一的雙眼，也溢出了濃稠的暗紅色血液，就如同「血淚」這個字眼所形容的。眼睛流出的血液，滑過臉頰，慢慢地向下滴落。

勇一用手揉揉眼睛，連手都被血給染紅了，看到自己沾血的手，他不禁顫抖起來。

「你對我做了什麼？」

勇一剛才那凶惡的氣魄早已不見蹤影，他說話的聲音變得微弱無力。

「我什麼都沒做啊。」

「你不要騙我！剛才都是我不對。我跟你道歉！拜託，求你救救我！你們快點放開伸明啊！」

勇一的態度像是翻書一樣突然轉變，把那些按住伸明的同學通通趕走。

接著，他伸手想要拉起伸明。

「哎呀，怎麼身上被沙子弄得這麼髒呢。這些傢伙真是可惡。」

把伸明拉起來站好之後，勇一細心地把伸明身上的沙粒拍乾淨，然後向他道歉。

伸明的衣服上，沾染了勇一的血跡。

「真的很對不起。請你原諒我。拜託你救救我……好不好，我都已經跟你道歉了！你可不要耍我啊！」

看著想要發火的勇一，伸明只伸出手，輕輕地放在勇一的面頰上。

「沒什麼好道歉的，我並沒有生氣，也很想救你，可是，我沒辦法……」

伸明的話才剛說出口，勇一突然睜大了眼睛，張大了嘴巴，一口氣嘔出好多鮮血。大概是血液堵塞了鼻腔和氣管吧，勇一掙扎著想要呼吸。

唾液和血液混在一起，吐了出來。

勇一用手抹抹嘴巴，眼睛流出鮮血，用悲哀的眼神向伸明懇求：「我不想死啊！」

「總有辦法救我吧？救救我啊……」

站在勇一的面前，伸明實在無法說出「沒辦法」這三個字。

伸明只能抱住勇一，盡可能安慰他。

勇一把臉靠近伸明，呼吸紊亂之下，在伸明的耳邊低語：

「看到我遭遇這樣的不幸，你很開心吧？還是在享受著復仇的喜悅？恨意得到抒發，很滿足嗎？」

「不是這樣的。我心裡並沒有這樣的念頭……」

勇一的脖子周圍，漸漸浮現出許多紅色的斑點，這些斑點聚積著血液，越漲越大。他的臉上和手上，也都出現了這樣的紅色斑點。

斑點越來越大，開始膨脹。

「我的身體……究竟是怎麼了！為什麼會這樣！」就在這麼叫嚷的同時，勇一的眼、耳、鼻、口噴出了大量的血液。

「我還不想死啊！」

臉上、脖子上、手臂上的血腫紛紛裂開，鮮血突破了皮膚的圍困。

勇一就這樣一面噴灑著血液，一面邁步想要逃走。

「把那傢伙……把伸明給宰了！你們要為我報……仇……」

才跑了沒幾公尺，勇一便仆倒在地。

「勇一……」

夜空被飄來的烏雲所遮蔽，看起來像是快要下雨了。

雨點落下時，大家才發現那不是水，而是血。所有人都楞在當場。

「這就是國王遊戲嗎……？」不知是誰這麼說，同一時間，女生們發出了尖叫聲。

「呀啊啊——！」

「我才不想變成這樣呢！這怎麼可能呢！」

「勇一死了嗎……還活著吧？快送他去醫院。」

有人瘋狂地叫嚷著，有人渾身顫抖，有人失神暈倒，也有人像是失魂落魄一般癱坐著。

奈津子走到了伸明旁邊，頭壓得低低的，看不出她臉上的表情。

「有沒有不必受懲罰的方法？有沒有逃離遊戲的方法？」

「我不知道。」

「不服從命令的話，就會變成像勇一那樣嗎？告訴我。」

「嗯嗯。」

「那麼……如果我不跟輝晃發生性行為的話，我也會那樣嗎？」

「人都只有一條命對吧？如果想要得救，就只有遵從命令這一條路。」

奈津子抬起了頭，看著伸明的眼睛。

她流著鼻水，哭了起來。

「我跟你說，我……還沒有性經驗……怎麼辦？」

「不要問我。妳有沒有經驗，跟我說也沒用。」

「你不要……這麼……冷酷嘛。」

奈津子一面吸著鼻子，一面埋怨。

她的臉上，已經沾滿了淚水和鼻水。原本那可愛得不得了的面孔，已經消失不見了。

奈津子咬著牙，拿伸明的袖子擦乾眼淚。

「初體驗……是……一輩子都忘不了的回憶。會深深地烙印在心上。應該要獻給最喜歡的人……應該要守身如玉才對。」

「……我曾經逼我的女朋友，和我最要好的朋友發生性關係。這麼做只為了救我的朋友。」

「你說智惠美嗎？好朋友是……照片裡的那個男生？……原來……是這樣。」

「該怎麼做，要由奈津子妳自己決定。這不是我能夠出言干涉的。」

伸明心如死灰，伸出手指著獨自站在不遠處的輝晃。

「輝晃就在那裡。你們兩個人商量過後再決定吧。」

「你連一點安慰我的話都說不出口嗎？你不能告訴我該怎麼做嗎？伸君，你應該知道我的心意……才對啊。」

「我如果告訴妳該怎麼做，妳會照做嗎？就算我安慰妳，又能改變得了什麼呢？」

伸明的言語相當冷酷無情，就連伸明自己都感受得到。

如果跟他說話的人不是奈津子，而是其他女生，說不定伸明的態度會有所不同吧。

畢竟，「奈津子不該存活下來」、「奈津子非常危險」這樣的想法，一直烙印在伸明的腦海裡，揮之不去。

輝晃的雙眼無神，搖搖晃晃地朝奈津子走來。

「奈津子……我……不想要變成那樣。」

「不要靠近我！」

奈津子紅著臉，抱住頭哭泣起來。

「伸君，拜託你，我有一個願望！拜託你達成我的願望！」

「什麼？」

「我希望你在輝晃之前，先跟我做愛。這是一輩子都不會忘記的回憶！拜託你！好不好！」

奈津子握住伸明的手，自暴自棄地哭著。

「妳去拜託別人吧。」

「拜託你啦！雖然是情勢所逼，可是，我想要留下好的回憶啊！我以後不會一直逼你當我的男朋友了。」

「抱歉，妳去找別人吧……」

輝晃臉上露出了笑容，笑容中混雜著不安和恐懼，然後一把抓住奈津子的手。

「不服從……命令的話，下場就會跟勇一一樣……」

「放開我，輝晃！拜託，再等一下下就好！伸君，拜託你啦！」

「妳要是逃走的話，我就麻煩了，一定要服從命令才行……」

「我絕對不會逃走的！」

但是輝晃用力拉扯奈津子的手，把她推倒在地上。奈津子像是要找尋出路一般，四處張望，然後在地上爬著逃離輝晃。

輝晃在後頭緊追不捨，奈津子渾身顫抖不已。

「不要！不要！不要！誰來救救我！我不要這樣——！」

她一面逃避、一面大喊。

「住手！你冷靜點，輝晃！」愛美趕來阻止輝晃。可是輝晃卻怒罵道：「不要多管閒事！」

一巴掌就把愛美給打跑了。

伸明咬緊牙關，把頭別開。

他感到非常猶豫。眉頭深鎖的他心裡想著，如果能夠讓奈津子的心情好過一點的話……於是，伸明往前踏出一步，說道：

「輝晃，能不能給我們一點時間……」

【6月4日（星期五）凌晨1點45分】

「唉，真是歹戲拖棚，夠啦夠啦！伸明，你就別再假惺惺了！」

奈津子慢慢地站起身來，望著伸明，從頭到腳瞪了一遍。

剛才哭喊的神情，好像全是騙人的一樣。奈津子的表情，已經看不出一絲一毫的膽怯。取而代之的，是如同冰雪一般毫無表情的面容，眼神則像是歷經過了無數次地獄體驗一般，瞳孔呈現出深邃的黑暗。

奈津子露出微笑，說話的語氣中帶著旁若無人的高傲。

「我絕對要在國王遊戲裡生存下去。不管要我做什麼，我都會照做。輝晃，快點跟我做愛吧。」

奈津子一面說著，一面把輝晃推倒在地，然後一屁股壓坐在輝晃身上。

輝晃反倒是被嚇得呆住了。

「輝晃，快脫衣服啊！」

奈津子變得毫無羞恥心，脫下了自己的襯衫，又把胸罩的釦子給解開。

「喂！等一下、妳要在這裡做啊？這裡是公園耶！考慮一下地點吧！」

伸明抓住奈津子的手，奈津子則是用黑得深不見底的瞳孔睥睨著伸明。

「不服從命令就是死路一條，誰還有心情挑地點啊！」

「那也不必選在這裡啊！」

「我高興在哪裡就在哪裡！」
輝晃很擔心其他同學會瞪著他們看，所以四處張望。
此時，所有人的手機又同時響起了鈴聲。
「又是哪個人要死的簡訊吧。輝晃，你也不想死吧，快點跟我做啊。」
「住手——！不要在這裡！妳總該有點常識吧，要做到別的地方去做！」
伸明用力把跨坐在輝晃身上的奈津子給推開。
他聽到背後傳來男生之間的對話。
「我、我不想死啊……我不想變成那樣，好恐怖。你看到了吧，勇一的死狀。」
「就當作是作了一場惡夢吧。我一定會保護你！絕對不會讓你死掉的！我答應你！」
「謝謝！」
「有什麼好謝的，我幫你是理所當然的啊！一切都是伸明的錯！要不是伸明……」
聽到兩人哭泣著彼此安慰，伸明想起以前，不禁露出淺淺的微笑。
——有朋友真好。我和直也以前就像這樣，也說過同樣的話呢。
奈津子拍掉腳上的沙子，站了起來，毫不遮掩自己沒穿襯衫的上半身。
「幹嘛用那麼噁心的眼神看著他們啊。你很羨慕是嗎？」
「是很羨慕啊。妳是個女孩子，總該有點羞恥心吧。」
伸明撿起奈津子的襯衫，朝她扔了過去。
「即使遭到迫害、即使被大家咒罵，伸明還是認為班上的同學是你的朋友嗎？」

看著奈津子的眼睛，伸明用肯定的語氣回答：

「當然。」

「毫不憎恨別人，反而想要保護大家，你這種思想叫做偽善。真是令人不爽，我最看不慣這種人了，你為什麼不早點去死呢？」

「我現在還不能死。哪有人被別人罵兩句『你去死』，就真的會跑去死的！」

「我只是想測試你而已。」

「只因為別人看不慣，惹人討厭，就要去死，這也太無聊了。」

「伸明，你的心裡從來沒出現過『那傢伙真是該死』這種念頭嗎？不見得要說出口，而是在心裡這麼想喔？」

現在站在伸明面前說話的奈津子，跟剛才的奈津子可說是兩個完全不同的人，絲毫感受不到她的可愛。這個人，才是奈津子的真面目嗎？

「妳是奈津子嗎？」

「我是啊，就是跟你一起上課的奈津子啊。就是你想殺死的那個奈津子啊，你忘啦？伸君……」

就在這時，身後突然傳來一陣悲鳴，伸明不由自主地轉過身去看。

全身都是汗水，被夜風一吹，傳來一陣寒意。下一刻，伸明突然感覺到頸部一陣劇痛。

「我要殺了你！」

「放開我！妳做什麼！」

奈津子用雙手掐住伸明的脖子，指甲陷進皮肉裡。那雙白色又冰冷的手，緊絞著伸明的頸部，伸明想要甩開，想要後退，但奈津子就是不肯鬆手。

接著，奈津子張大嘴巴，用力地咬住伸明的脖子。

伸明的臉因為痛苦而變形，他咬緊牙關，用雙手推開奈津子，然後用手摀著剛才被咬的部位，那裡還摸得出奈津子的咬痕。

「妳、妳瘋了嗎！」

奈津子粉紅色的嘴唇，已經被鮮血給染紅，就像是擦了鮮紅的唇膏一般。

伸明畏懼地向後退了幾步。

「你不要趁這種時候，偷摸人家的胸部好嗎！變態！」

「嗄？」

奈津子忽然把胸罩給扯下，朝伸明扔過去，然後蹲下身子尖聲求救。

「呀啊啊——！快來救我！伸明要強姦我！這傢伙，一定要殺了他才行，他已經瘋了！」

「喂、妳、等一下……喂！」

奈津子一面瞪著伸明，一面露出微笑。

「就讓大家來教訓你吧。」

聽到奈津子的尖叫聲，數人朝這裡直奔而來。

眾人用鄙夷的眼神看著伸明。

「不是這樣的！是奈津子自己脫掉的。愛美、輝晃，你們都看到了吧？快幫我解釋啊！」

「是伸明硬把內衣扯掉的。」愛美這麼說。

「別開玩笑了，愛美……輝晃，你跟大家說明清楚啊！」

輝晃什麼都沒說，把頭別開，不想看著伸明。

「呀啊啊——！變態！快來救我啊！」奈津子再一次尖叫起來。

「你這混帳東西！」俊文一面壓響指關節，一面朝伸明逼近。

「喂、等一下！不是你們想的那樣！是奈津子自己脫掉的！相信我啊！」

「哪有人會自己脫掉的！那你手上拿的內衣，又是誰的？」

那是奈津子扔過來時，伸明順手接住的胸罩，他趕緊把胸罩藏在身後。

「……是奈津子扔過來的。」

「你還滿會編故事的嘛。」

——根本沒有人相信我。就連愛美和輝晃，都不肯說實話。

為什麼會這樣……大家真的……這麼憎恨我嗎……？我變成班上最惹人厭的傢伙了嗎？

伸明的眼眶感到一陣灼熱。

「難道我們不能當朋友嗎？」

伸明也不瞭解，為什麼現在他會突然說出這句話。

「不要岔開話題！看我怎麼打死你！」

俊文握緊了拳頭，衝上前來。其他同學也包圍上來。

「大家都失去冷靜了，你們要冷靜下來啊！」但是沒有人肯聽伸明的辯解。

大家的眼中都充滿了血絲，成群地蜂擁上前。
伸明就像是一隻小白兔，被扔進了關著許多餓狼的鐵籠子裡一般。不逃的話，會死在這裡的。
伸明趕緊轉身，邁步快跑。他的眼角瞥見奈津子不屑地歪著嘴。
「別想逃！」
「等一下，我有話要跟奈津子說……」
伸明的手臂被人抓住，一腳踢中了他的腹部。伸明的身體弓了起來，痛得幾乎要吐出胃酸。
「放開我……我有話……跟奈津……」
因為痛苦而扭曲的臉，也被重拳擊中。胸口也挨了悶拳，一拳又一拳打在伸明身上，伸明的意識逐漸模糊了起來。
「我……有話要……嗚……」
鼻子也挨了俊文一拳。
「你還有力氣說話啊？」
俊文用力地猛踹伸明的下體。伸明眼眶噙著淚水，痛苦地呻吟起來。
——打得太過火了吧，下手也該拿捏一下力道輕重啊！如果痛苦可以轉化成快樂，現在我一定開心得不得了吧。現在好舒服，好想睡覺啊。地面正朝我接近呢。啊、是我跌倒摔在地上了才對。
伸明的臉噗咚一聲砸在地上，前額和臉頰都被沙粒磨破。他把臉撇向側面，身體像是毛毛蟲一樣蜷曲著。

——我變得跟毛毛蟲一樣了。而且甚至動不了，比毛毛蟲還慘。

在朦朧的意識中，似乎聽到了手機的來電鈴聲。

是伸明的手機在響，之前被勇一搶去的手機。

誰打來的電話？是翼的姊姊嗎？

翼的情況……有話要跟奈津子說……要去夜鳴村，上一次去的時候沒有把筆記本的內容看完，一定要再去一次，把筆記全部看過一遍才行。雖然伸明很不想再去那種地方，可是他知道自己非去不可。

莉愛，依妳的個性，看過筆記本之後，一定會藏在夜鳴村的某處吧。

看到大家對伸明一陣拳打腳踢，奈津子露出滿意的表情。

「美月，妳過來一下。妳知道伸明的電話號碼吧？妳就傳送【去死】的簡訊給伸明吧。」

「這是什麼意思？奈津子？」

「國王不是下達命令了嗎，只要妳傳送【去死】的簡訊給別人，那個人就會死啊。現在就把伸明解決掉吧。」

伸明雖然已經被打得倒臥在地，無法動彈，仍舊使出最後的力氣，沙啞地說道：

「我知道……逃離國王遊戲的方法……只要拒絕接收國王的簡訊……就行了。」

「真的嗎？」

「真的假的？」
「這麼簡單？」
美月、俊文、愛美異口同聲地說道。他們朝伸明靠近，想要聽清楚一點，可是，卻被奈津子給擋了下來。
「就算拒絕接收國王的簡訊，也一樣逃不掉的。反而是午夜0點一到，就必定會死。聽好，美月，快點傳簡訊給伸明。」
伸明扭動身子，想要站起來。
——原本想逃走，卻被抓回來痛毆一頓，想不到卻因此有了意外的收穫。奈津子，為什麼妳會知道拒絕接收國王的簡訊下場是死路一條呢？
「你這傢伙，故意要害死我們嗎？」俊文朝伸明的臉上吐了一口口水。
「奈津……子……危險……要揭發……身分……」
地面上有兩個人影，慌張地晃動著。那是奈津子和美月的影子。
「如果我傳送簡訊給伸明，害伸明死掉的話，那我不就變成殺死伸明的兇手了？」
美月的臉色鐵青，手上拿著手機，不知道該不該按下按鍵輸入文字。
「妳聽好，美月。如果妳不傳送簡訊給別人，到頭來，死的人是美月妳自己啊。殺了這傢伙，沒有人會怪妳的。而且，又不是妳親手殺人，妳只是傳了一則簡訊而已啊。」
「可是……」
奈津子用手撫摸美月的背，以溫柔的語氣繼續說道：

「妳也很恨伸明對吧？妳也很討厭他對吧？那就殺了他吧。這樣一來，妳就會很開心喔，心情就會變好喔，這樣就能給他好看囉。」

「我是恨他……可是……」

「妳一定要體驗一下『殺人』的快感，這比ＳＥＸ還要舒暢好幾倍呢。快點，傳送【去死】的簡訊吧。」

考慮了好一會兒之後，美月把手機給闔上了。

伸明使盡剩餘的力氣，用手指在地面上寫下【揭發奈津子的身分】這幾個字。

他只希望，即使在最糟的情況下，也就是他死在這裡之後，其他人會挺身而出，揭發奈津子的秘密。

此時，在伸明身邊的俊文和輝晃正在交談。

「喂，俊文，你不覺得奈津子變得跟平常不一樣嗎？」

「我也有這種感覺，好像變了一個人似的。」

伸明用手指戳一戳俊文的球鞋。

「很奇怪吧……子……揭發……真實身分……國王……」

「不要用你的髒手碰我！臭蟲！」俊文用右腳的腳尖踢中了伸明的鼻骨。

伸明發出痛苦的呻吟，他按住鼻梁，身體蜷曲成胎兒一般。

「你看她，上身全裸也滿不在乎耶！……胸部的曲線真是漂亮呢，喂！」

「而且皮膚好白，觸感好像很柔軟的樣子。」

突然一陣狂風吹起，捲起漫天沙塵。天空中一道金色光芒閃過，幾秒之後，雷鳴聲轟然響起。

健太突然像閃電一樣出現在公園，用比雷聲更大的吼聲怒罵道：

「伸明！你躲到哪去了！不是說好要到我家來嗎！我一直等到現在耶！」

的確，伸明之前曾經拜託過健太，說「我有重要的事，要當面跟你說」。

「害我緊張得要命，在家裡一直等，不敢睡覺。居然這樣惡整我！伸明！你躲到哪去了！」

健太的出現，立刻吸引了班上同學的目光。

健太這個人的自尊心比別人更強，雖然說起話來讓人覺得有些凶惡，但是他的個性並不壞。

他是個身高一百八十一公分、體重八十六公斤，加入柔道社團的熱血青年。

渾身肌肉的他，無論握力還是腰力，都不容小覷。

以前，伸明曾經和健太比過腕力。儘管伸明已經用盡了全身的力氣、脹紅了臉，健太還是能一面哼歌一面對付他。

「我的手要斷啦！」伸明最後只能這樣慘叫認輸。

伸明無力地趴在地上，向健太揮揮手。

「伸明，這是怎麼回事！」

健太看到了伸明，邁開步伐、晃動著巨大的身軀跑了過來。

他狠狠瞪了一旁的俊文一眼，小心地把伸明給抱起來。

「因為伸明要來我家，你們才把他打成這樣嗎？回答我！」

「不、不是你說的那樣……這都是伸明的錯。」俊文被健太的氣魄所壓倒，跌坐在地上。

「嗄？誰的錯？就算你們有理，好幾個人打一個人這種行為也絕對不能原諒！有種就跟我打啊！」

伸明不禁抱住健太，流下了眼淚。或許在旁人看來，這個舉動非常丟臉，但是伸明管不了那麼多了。

健太強壯的身軀，現在變得比誰都可靠。

「謝謝。」伸明打從心底說出簡短的感謝之詞。

「你看那邊！」俊文用手指向勇一渾身是血的遺骸。

順著俊文手指的方向望去，健太忽然瞪大了眼睛，開口就說：

「……勇一？已經死了嗎？」

「我們現在玩得正開心耶，你不要出來攪局好嗎！」

奈津子站在健太身前，如此示威。

「喂、妳、妳怎麼沒穿衣服啊！胸部、胸部、快穿衣服遮好啊！」

健太紅著臉，趕緊別開視線。

「我穿上衣服，你就會離開嗎？」

「看、看到這種狀況，我能當作沒看到，立刻走人嗎？根本不可能吧。妳先穿上衣服再說。」

「我覺得，你這個人越看越礙眼。美月，把手機借我。」

奈津子搶過美月手上的手機，在上面按了幾下，然後把手機還給美月。

「傳送出去吧。」

美月看著手機的螢幕，頓時失去了冷靜。

「奈津子，妳怎麼這樣！為什麼連健太也算進去？」

「妳忘啦？不傳送給兩個人的話，到時候死的是美月妳喔。妳不想死吧？妳這麼純真又美麗，現在死掉太可惜了。」

奈津子用手挑起美月直順柔滑的黑髮，捏著髮尾放在鼻尖嗅著香氣，然後露出微笑，在美月耳邊像是吹氣似地小聲說道：

「讓我看看伸明和健太華麗的死法吧，拜託妳。」

「奈津子，妳變得好奇怪喔，為什麼會這樣呢？」

「我和平常一樣啊，我之所以這麼說，都是為了美月啊，妳懂吧？」

「話是沒錯，可是，不對！不對！這樣不對啊！」

穿著短裙和長靴的美月，露出的膝蓋喀噠喀噠地顫抖著。

伸明輕輕地拉了一下健太的袖子，說道：

「聽我說，揭發……奈津……子的……過去……可能是……國王……也……一直在尋找的人。××縣的夜鳴……裡……有筆記。」

「你還好吧？喂！振作點啊！抱歉，我沒有聽清楚，你再說一次。」

健太用他的大手抓住伸明的肩膀，搖晃著他的身體。

伸明咬緊牙關，哀傷又冰冷的眼淚滴了下來。這眼淚裡充滿了他的回憶。

——健太的身體，好大好溫暖。但是伸明知道，自己的心跳正徐徐地減弱當中。這是把大家捲入國王遊戲的我，終究應得的報應嗎？我沒有死於國王遊戲，卻死在朋友的手中。被朋友毆打致死，是多麼悲哀的一件事啊，與其這樣，還不如死在國王遊戲的懲罰之中。

伸明擠出最後的力氣，提高了音量。

可是從口中傳出的卻是非常微弱的聲音，甚至不確定美月能不能夠聽得到。

「快點傳簡訊給我，美月。另一個人，就寫奈津子……」

伸明緩緩地閉上眼睛，鼻息也微弱下來。

夜空中落下了浸濕身子的大顆雨滴，雷鳴和閃電在黑色的天空中迴盪，把天空映照成青白色。

雨聲越來越大，雨水中帶著一股土壤的霉味。

美月低著頭，任由雨水打在身上，然後用沙啞的聲音說道：

「沒辦法，要我殺人，我辦不到。所以，我不會傳送簡訊。」

伸明皺起眉頭，左右搖晃著頭。

「……一定……要……」

美月抬起頭來，高高舉起手機。黑色的長頭髮遮蔽了美月的臉龐，看不出她現在是什麼樣的神情。

「這種東西我才不要，一點都不想要。」

說著，美月把掀蓋式的手機折斷成兩截，發狂似地笑了起來。

伸明咬緊了牙關。

——居然做出……把手機給折斷……這種蠢事！妳一定很恨我吧！一定很厭惡我吧！那就傳送給我啊！傳送給我就行了啊！

可是伸明已經沒有力氣喊話、也沒有力氣移動，他對自己的無能感到羞愧。

健太擔心地用手拍了拍伸明的臉頰，問他「你還好吧？」，但是伸明卻一點反應也沒有。

伸明已經沒力氣回應了。

雨滴越來越大，變成激烈的暴雨。雷聲響起，黑鴉鴉的積雨雲之間有電光跳過，短暫地將雲層染上金黃色。

雷鳴的衝擊波和白色的電光快速地衝擊大地。閃電就像是要擣碎大地，雷鳴則像是要撕裂大氣一般。

伸明摒除雜念，靜靜地回想著。

——我……沒能達成……跟大家的約定……抱歉，智……美……還有大家。

把大家捲入國王遊戲，真的很……過意不去。
我被大家憎恨……是有原因的。而且……是我自己製造了這樣的……原因。
這不是大家的……錯。
我不是被……大家給殺死的。我是被國王遊戲……給殺死的。

【死亡8人、剩餘23人】

夜鳴村

【6月4日（星期五）凌晨2點35分】

健太用手撐住伸明的背，像是對小孩子說話一般，以輕柔的口吻說道：

「伸明？喂！你在開玩笑對吧？別開這種惡劣的玩笑啦，好不好？」

他惶恐地伸手按著伸明的胸口。

「……喂、已經沒有心跳啦！」

健太大聲地怒罵道：

「是你們殺死伸明的！你們活活把伸明給打死了！你們不瞭解事情的嚴重性嗎，可惡！」

健太用手輕輕地蓋住伸明的眼睛，在憤怒、悲傷、悔恨交織的心情之中，流下了眼淚。

「你帶著這般悔恨的表情死去，心裡一定很難過吧？身體一定很痛吧？」

他用袖子抹掉眼淚，繼續說道：

「要是我早一點趕來，情況就會有所不同了吧？伸明就不會死了，對吧？」

只聽到奈津子深深地嘆了一口氣。

「唉～～怎麼這樣就死了呢，為什麼不死得有看頭一點呢。」

「妳說什麼？」

「我想看他死得更慘一點啊！這樣太無聊了嘛！聽・見・了・嗎？」

「我要宰了妳！」

美月從地上撿起被自己折斷的手機，一直瞪著它發呆。

「我的手機、我的手機……我會死嗎？我去買一個新的，應該可以吧？」
像是被幽靈附體一般，美月一面這樣說著，一面想要把再也不可能修復的手機接回去。
「沒用的，美月，妳已經活不到明天了。妳就好好享受僅剩的時間吧。」
「我的手機、我的手機……把我的手機還給我！」
「是妳自己弄壞的啊！」
美月大概是精神錯亂了，她用力地把手機扔進大雨聚積而成的水窪裡。
奈津子斜眼瞪著美月，撿起自己的衣服重新穿好。
「輝晃，我們另外找地方吧。你還記得命令吧？」
就在此時……【收到簡訊：1則】。
在場所有人的手機同時響起。
「誰都不准走！」
在此同時，健太用柔道的大腰技法，將奈津子抓起一轉，狠狠地摔到地上。
「伸明和勇一都死了，在這種情況下，妳還以為可以『說走就走』嗎！伸明是被你們給打死的啊！」
「你幹什麼，這樣很痛耶！」
「還有，奈津子說出這種話，我絕對無法原諒！我要妳現在就向伸明道歉！」
奈津子一邊用手按著疼痛的腰部，一邊瞪著高聳站立的健太。
「跟屍體道歉？有沒有搞錯。」她哼了一聲，繼續說道：

「你想當英雄嗎？看來你比伸明更令人厭惡呢。」
奈津子指著伸明和勇一的遺體。
「剛才收到的一定是國王的簡訊，也就是誰要受到懲罰的簡訊。就跟勇一的情形一樣。這次是誰要受罰，先來確認一下吧。」
「下一個是誰呢？」奈津子一面說著，一面露出期待的神情，打開手機。
「妳這傢伙，既不肯道歉，又嘰嘰喳喳地盡說些瘋話。」
「太好啦！」奈津子尖聲大笑起來，將手機的螢幕轉向對著健太。
【6／4星期五02：44　寄件者：國王　主旨：國王遊戲　本文：因為沒有服從國王的命令，所以處以分屍的懲罰。男生座號1號‧赤松健太　END】
「健太馬上就要被切成一塊一塊，慘死在這裡啦。」
「我會被分屍而死？」健太皺起了眉頭。
「沒錯，而且這次很有看頭喔！」
「真的嗎？」健太詢問站在旁邊的美月。
「勇一就是這樣，收到國王的簡訊要他【失血而死】，就全身七孔流血死掉了。健太和我恐怕……也都會……我不要啊啊啊！」
奈津子搶著插話：
「可是我知道逃避懲罰的方法。不必受罰，照樣能活下去！如果你想知道是什麼方法的話，就把伸明的屍體用力地扔出去，然後大罵『你死了最好』，多踢一腳也行！」

「啥？」

「不快點照辦的話，可能就來不及囉！你不想死對吧？難道你寧願死？」

「為什麼妳知道這麼多？」

健太冷靜地反問，奈津子則是一陣躊躇，之後才開口：

「因為我的父母親……以前曾經體驗過國王遊戲。快點，要怎麼做，快點決定吧！」

「原來如此。奈津子的父母親的確已經不在人世了。妳告訴我，他們是不是死在國王遊戲之中？」

奈津子冷眼瞪著健太。

「妳不肯說嗎？妳不肯告訴我逃避懲罰的方法嗎？可是我還不想死啊！」

「要我告訴你可以，你先把伸明的屍體一腳踢飛！」

「妳真的知道嗎？」

「當然知道啦！」

「這不是很矛盾嗎？既然妳知道逃避懲罰的方法，那麼，妳就不必遵從國王的命令啦！又何必要找輝晃一起離開呢？」

「那、那是因為……」奈津子頓時語塞，無法回話。

「我就知道。剛才妳給我看的國王簡訊，上頭註明了是轉寄，妳以為我沒發現嗎？」

奈津子的臉部肌肉開始痙攣起來。

「妳把已經收到的國王簡訊修改一下名字和座號，就拿來轉寄給大家。其實，我根本沒有受罰，我說中了對吧？」

奈津子不耐地嘖了一聲，想要替自己開脫。

「你的眼睛真尖呢。」

「果然是騙人的。妳這傢伙還真的是一肚子壞水，為什麼要做這種惡劣的事？」

「因為我看不爽啊！擺出比別人更偉大的姿態，還當自己是正義的一方！我希望看到的是，健太因為怕死而服從我的命令！看到假裝正義的人，把伸明的屍體踢飛，這樣才過癮啊！」

「妳真是壞到骨子裡了。」

「啊，囉唆、囉唆、真囉唆。」奈津子抓了抓頭。

「原來『揭發奈津子的身分』是這個意思啊。好啦，我得把伸明送到醫院去了，再不去醫院，他恐怕真的會死呢。」

「伸、伸明還活著？」

「他才不會這麼簡單就死掉呢。我的演技很厲害吧。要玩這種騙人的把戲，我可不會輸給妳。」

健太環視著周遭的同學，然後抱起伸明。

「伸明叫大家來集合，你們卻這樣毆打他，現在知道殺人是什麼滋味了吧，心裡會感到焦急害怕對吧，你們給我好好反省吧。」

奈津子悔恨地咬著牙。

「健太，我一定要殺了你。啊、差點忘了一件事，你看看旁邊吧。」

「健、健太……我被懲罰了，救救我……」
健太看著站在旁邊的俊文，突然瞪大了眼睛，往後倒退幾步。
俊文用自己的右手，抓著已經脫落的左手。
左手的手指，還在微微地顫動著。
「我的左手、不見了……很可憐吧？喂……你看到沒？」
俊文好像感覺不到痛楚似的，還拿起左手給健太看。
左手的切斷處湧出鮮血，只見到手臂的柔軟肌肉，包裹著中央的上臂骨骼。
「我的手、怎麼辦？去醫院做手術，可以接好嗎？還是沒救了？」
健太一時也不知該如何回話。
「伸明說過『流眼淚就會受罰』，可是，我沒有哭泣流淚啊。難道，受罰還有其他的理由？」
俊文渾身顫抖著，蹙著眉心，扭曲臉部肌肉，故意擺出笑容。
「你看我，我是在笑對吧？我沒有流眼淚對吧？伸明，你快告訴我啊。你不能一直這樣昏迷不醒啊。」
健太抱著伸明，搖了搖他的身體。
「伸明，我不想吵你，可是，你能不能醒來一下？」
奈津子在一旁拍手大笑道：
「在這種時刻，誰受罰都可以！只要看得過癮就行啦！」

「閉嘴！我真的會宰了妳喔！」健太威嚇著奈津子。

「有種你試試看啊，不要只會出一張嘴！」

「我記得簡訊內容是【要在大家面前自由下達命令。接到他的命令的人，必須服從照做，就像服從國王的命令一樣】。這是我收到的國王命令。」

「那又如何？」

「妳還在嘴硬啊。要是我下令要妳【去死】，妳知道妳會有什麼下場嗎？」

「那我也得把醜話說在前頭，一旦我死了，輝晃也會死。因為這樣輝晃就沒辦法服從國王的命令了。你就看著辦吧。」

奈津子睜開眼睛，開心地大笑起來。

「專門想這些壞點子，妳這個人果真是爛到骨子裡了。真該送妳下地獄……」

「我不想被分屍啊！我不是家畜啊！我是人類啊啊啊啊啊啊——！」

俊文臨死前還在不斷地吶喊。

他的右臂、雙腿、頸子都像是被砍斷一般，身體喪失了支撐力，肢體墜落地面時，發出聽了令人不快的悶響。沒多久，地上多了一座由俊文的胴體、雙手、雙腳、頭顱所堆成的小山。

從肢體中流出的血液，把一旁的水窪染成了血紅色。

美月用充滿恐懼的聲音哭喊著，抱緊了健太。

「不要！不要！不要！我不想死啊！我不想這樣慘死啊！健太，救救我，好不好？好不好？」

「別這樣大哭大叫的，美女都變成醜女了。我會盡量幫妳的，別哭了，我答應妳。」

「你要用什麼方法救我？你知道有什麼方法嗎？安慰的話我可不想聽喔！」

「說真的，我也不知道該怎麼做，不過，我不會輕易放棄的。」

「什麼嘛！你這個沒用的東西！根本派不上用場！」美月搥打著健太的胸膛。

「伸明，抱歉，等我一下。」

健太把伸明小心地放回地上，然後用粗壯的手臂把美月拉近。

「我答應妳，這就是證據。」

「嗄？」

「我要發出的命令是【我要保護、拯救雪村美月的性命】。這樣好不好。要是我沒能遵守這個約定，我就會死，所以，我會拼命保護妳。這樣聽起來是不是很老套啊？」

「……傻瓜！健太，你真的是個大傻瓜！這太老套了啦……」

美月的瞳孔恢復了光芒，剛才充滿恐慌的表情，現在緩和了下來。

「果然，的確是太老套了。」

美月露出了可愛的笑容，對健太搖搖頭。

健太則是有點不好意思地「喔」了一聲，美月也紅著臉說道：

「如果你能遵守這個約定的話，那我就……不、沒什麼。要是你沒有好好保護我，我可饒不了你喔。」

「你們小倆口打得真火熱啊，簡直像是瀕臨絕種的動物。健太，你這種人哪，活不了多久的。啊、說錯了！至少你今天還死不了。抱歉啊。」

奈津子大笑著說：

「那傢伙也是這種個性的人嗎？」

「嗚……」伸明發出了呻吟。

「伸明，你醒啦？」

伸明歪著臉，眼神渙散，好像還沒有恢復意識。

健太把美月給放開，把地上的伸明抱起來，美月則是緊抓著健太的衣角。

「要、要去醫院嗎？那、我也一起去好不好？」

「可是妳穿靴子耶，這樣能跑嗎？」

美月於是把長靴脫掉，自豪地看著健太。

「這樣總可以了吧？」

「哈哈哈，妳也豁出去了嘛。」

奈津子走向健太。

「我說～～我可不可以一起去啊？我也很擔心伸明耶。」

健太等到奈津子走到他面前之後，冷不防甩了她一巴掌。

「煩死了！閃邊去，不要擋路！」

奈津子摀著臉頰，咬牙切齒。

「你竟敢……你竟敢……」

健太無視於奈津子的存在，說完「我們快走！」之後，便抱著伸明往醫院的方向跑去。

大雨仍舊不斷落下，在沒有人影的夜路上，健太和美月沒有打傘，快步走著。

大概是被雨水淋濕，感到寒冷吧，美月把肩頭縮起，健太於是把自己的外套披在美月的背上。

「抱歉，現在只有這件很土的衣服。」

「一點都不土，很暖和呢。謝謝你，健太。」

美月是光著腳走路，有時，會突然露出痛苦的表情。健太看到之後，詢問美月：

「腳很痛嗎？」

「沒問題的，抱歉，不該一直這樣讓你擔心。」

「別跟我客氣，只可惜我的鞋子不能借妳，就怕把妳的腳給弄臭了。」

美月嘻嘻地笑了起來，健太並沒有責怪她「誰要妳把靴子給脫了」。

過了一會兒，伸明突然吐出「……對不起，智惠美」幾個字。

健太停下腳步，看著伸明的臉。

「都這種時候了，還在喊著女生的名字嗎？照這樣看來，身體狀況沒那麼糟嘛。」

「那個叫智惠美的女生，是伸明的女朋友，我有看到照片，長得很可愛呢。」

「喔喔，是嗎！他平常看起來好像對女生一點興趣都沒有似的，原來早就有女朋友啦。真是令人羨慕，等他醒來之後，我再跟他問個清楚吧。」

美月臉上的表情變得有點尷尬。

「健太，聽我說，伸明殺了他的女朋友，那個女生就叫做智惠美。你知道這代表什麼嗎？所以，我們才會那樣責備伸明。再說，把我們捲入國王遊戲的人，也是伸明。」

美月把健太來到公園之前發生的事，一五一十地跟他說了。

伸明緩緩地睜開了眼睛。

「……我、還活著嗎？這裡是？健太？……美、美月？」

「你醒啦，我們正要帶你去醫院呢。」

「……醫院？」

伸明用手摸著額頭，想了一會兒，才突然提高音量說道：

「現在沒空去醫院了！美月、奈津子、還有其他同學怎麼樣了？」

「你冷靜一點。剛才美月已經跟我說過，在我抵達公園之前，發生什麼事了。」

伸明吞了吞口水，他很怕繼續聽下去。稍早在公園裡的咒罵、暴力、非難都閃過腦海。

「你能回答我一個問題嗎？伸明。」

「健太，拜託你聽我說完！的確，我殺了自己的女朋友，把全班同學捲入國王遊戲的人也是我……」

健太用銳利的目光瞪著伸明，用更大的斥喝聲蓋過伸明的聲音。

「我要問的不是這個！你只要回答我的問題就好。」

「拜託你聽我說……」

「不必說那麼多。」

充滿氣魄的言語和有力的眼神，讓伸明縮起身子、閉上了嘴。健太繼續說道：

「我搞不懂【切勿做出國王遊戲中不必要的行為】這道命令是什麼意思。你知道的話，快點跟我說。」

伸明僵著沒說話，健太又再問了一次。

「你不知道嗎？」

「上一次【不必要的行為】指的是流眼淚，可是這次卻不一樣，即使流眼淚哭了，也沒有受到懲罰，應該是指別的行為吧。」

「連你也不知道啊，我明白了。那就不用多說了。」

「等一下，什麼叫『不用多說了』……健太不想責備我、不想對我生氣嗎？」

「就算我責備伸明，能夠改變現狀嗎？如果能夠改變的話，我就不反對。」

伸明直視著健太的眼睛。

「我只是不想說出會讓自己後悔的話罷了。好啦，我們快去醫院。」

「可是……是我害健太、還有美月，以及全班同學陷入危機之中的。為、為什麼你還要對我這麼好呢？」

「因為我非常能夠體會伸明你的心情。失去了好友、失去了女朋友，我想，伸明一定經歷了極為艱辛又痛苦的體驗，而且，那必定是難以用言語來表達的傷痛。你哭了多少次，在腦海裡回想起多少次，又有多少次想要死去，我想，應該數不清了吧？

跟你說實話吧，聽到美月說的情況時，我也很憎恨伸明，也很猶豫該不該救你。可是，想到伸明承受的過去，我實在無法責備你。我不覺得責備和怨恨可以解決問題。這是我的真心話。那些回憶一定很痛苦，所以我不想問你理由。你殺了女朋友、還有把班上同學捲入國王遊戲這件事，就先埋藏在心裡吧，以後有時間再慢慢說。」

伸明眼眶一熱，淚水滴了下來。原來健太擁有這麼溫柔的一顆心。伸明覺得，真不該把這樣的好人捲入國王遊戲，他的心中充滿罪惡感。可是，卻同時萌生出一股溫暖的感受。

我一定要救大家。

伸明流下了眼淚，眼淚中蘊含著太多太多回憶。

「我相信，好心一定會有好報的。你也要這麼相信才行。」健太臉上浮現了溫柔的笑容。

「嗯嗯……我會的。」

「夠了，不准哭！不准哭，伸明！」

眼眶中聚積的淚水，讓伸明看不清健太的臉，當他聽到「不准哭」這三個字時，再也忍不住，簌地流下了眼淚，他用健太的衣服擦拭眼淚，大聲地哭喊。

「哇啊啊啊啊啊——！」

「把我的衣服都弄髒了，別這樣。」

接下來的幾分鐘，伸明都把臉埋在健太的衣服裡。

「差不多該去醫院啦，伸明。」

「……我不要去醫院。因為，有個地方我現在非去不可。」

「即使全身是傷也要去？」

伸明點點頭，眼神堅定地看著健太。

「對了……我想起來了，健太也有收到命令呢。你就想個簡單的命令吧。」

「喔喔，那個命令啊，我已經解決了。至於那個可惡的女生！我也已經【狠狠地拆穿她的真面目】了。」

美月望著健太，健太也轉頭望著美月，像是在告訴她，現在暫時不要多說什麼。

那眼神像是在說，現在不要給伸明帶來太多壓力。美月明白健太的意思，所以閉上嘴巴。

「你要去哪？能不能告訴我？」

伸明沒有回答，倒是反過來追問健太。

「可惡的女生是……難道你下達了【揭發奈津子的身分】這個命令？」

「很簡單吧。不過那已經不重要了，現在你想去哪裡，能不能跟我說？」

「我要去××縣的夜鳴村。」

伸明開始說明夜鳴村事件的始末。

那是距今33年前，曾經進行過國王遊戲的地點。不過，不是全班同學參與國王遊戲，而是全村的村民參與國王遊戲。

在遊戲結束時，夜鳴村的村民全部死亡，現在那裡已經變成了山中的廢墟。

伸明之前去夜鳴村時，曾經發現一本記載著國王遊戲詳細經過的筆記本……。

「可是，我沒能把那本筆記本全部看完。所以我要去夜鳴村，再把筆記本看一遍。……村民……全部……」

「村民全部都死了」這句話還沒說完，伸明便趕緊把話給收了回來。

說不定，在夜鳴村裡，也曾經有個人跟我一樣，熬過了國王遊戲，成為最後的生存者？

當然，他也很可能選擇接受懲罰而死。不過，如果他活了下來，那麼現在人在哪裡呢？

究竟是誰能夠活下來呢？

如果能夠見到他的話，不知道能不能從他口中問出更多重要的情報？

伸明陷入沉思之中，此時健太對他這麼說：

「我也一起去如何？」

「健太要去的話，那我也要去。」美月抱緊健太的手臂。

伸明稍微想了一會兒，開口說道：

「先讓我打通電話吧。」

伸明摸摸身上，尋找手機，可是卻找不到。

「勇一把我的手機拿走了。可惡！健太，手機能不能借我一下？」

健太把手機拿出來，伸明想了想翼的姊姊的電話號碼，打電話過去，想知道被綁住的翼目前的狀況。

可是，電話卻沒人接聽。伸明只好暫時掛掉電話。

手機是不可或缺的。只好回公園去拿了。

目前要先解決的，是掌握【切勿做出國王遊戲中不必要的行為】這道命令的含意。

還有，綾收到的命令是【要失去最重要的東西】，這個【最重要的東西】是什麼，也要好好思考。

還要把遙香帶去跟翼會合，這樣兩人才能夠完成命令。

想要問出奈津子的過去，就必須去見奈津子的祖母。

要是能到夜鳴村去，把筆記本的內容看完，說不定就能知道誰是當年最後的倖存者。

左思右想的同時，伸明的身體越來越燥熱，汗水從背部流下，嘴巴覺得好渴。

他舔舔嘴唇，剛才被打裂的地方發出一陣疼痛。

伸明看了看手機顯示的時間，打電話給遙香。

在等待的短暫時間，他思考著。

自己是不是正要跨入那絕對禁忌的領域？自己是不是正要觸碰那絕不能觸碰的事實？這麼做的話，會不會引來什麼無法挽回的後果？

越是想要解謎，越是想要知道答案，就距離死亡越近。說不定會導致所有同學都死亡，不、甚至有可能引發更可怕的事。

等候的鈴聲響了好一陣子，遙香才接起電話。

『你現在跟伸明在一起嗎？』

因為是用健太的手機打出去的，所以遙香以為來電的人是健太。

「啊、是我，伸明。我是跟健太借手機打給妳的。遙香現在能不能出來，跟翼碰個面？」

『你去死啦！不要再打電話給我！』
遙香隨即切斷了通話。
「大家都不肯接我的電話是嗎……」

健太等人離開公園之後，奈津子把班上的同學聚集起來。
「絕不能相信伸明。他會殺掉大家的！伸明是最可惡的傢伙！」
「絕對饒不了他。健太也是共犯，他想要包庇伸明！」
勝利這樣叫道。
「沒錯！伸明和健太打算要殺掉班上所有的人。」
奈津子如此附和著。
「你看！伸明居然傳這種簡訊給我！真是太惡劣了！絕對不能信任他。」
綾用高亢的聲調說道，接著讓大家看簡訊內容。
【6／4星期五03：06　寄件者：金澤伸明　主旨：　本文：妳收到的命令是『要失去最重要的東西』。最重要的東西，就是妳的命。去死吧！】
奈津子用手撫摸著綾的背，溫柔地對她說：
「的確，他真的太惡劣了。我一定會幫妳的，妳要快點打起精神來。」
「謝謝妳，奈津子。妳和伸明真的差好多喔。」
「不要把我跟那傢伙放在一起比較。綾，我很正常，可是伸明已經瘋了。」

遙香也開口了：

「我剛才也接到伸明的電話！他講話沒頭沒腦的，我根本懶得聽，乾脆叫他『你去死啦！』然後就掛掉電話了。」

「遙香，這樣才對啊！其他同學也是，千萬不要被伸明和健太給騙了。」

奈津子的手心裡，握著伸明的手機。

幾分鐘後，遙香收到了一則簡訊。

【6／4星期五03：30　寄件者：金澤伸明　主旨：給遙香　本文：翼已經死了，所以妳沒辦法執行命令了。妳也死定了，恭喜恭喜。】

【6月4日（星期五）凌晨3點33分】

打電話給綾，只聽到通話中的嘟嘟聲，伸明不禁苦笑起來。

「拒絕接我的電話嗎？」

「伸明，你還好吧？你剛才差點被人給打死了耶。」

「健太、美月，我們一起去夜鳴村吧。距離第一班車發車還有2小時左右，回家去換好衣服，做些準備，時間到了我們就在車站集合。」

「知道了。喂！伸明，你還要去哪裡？」

「我還有些事情要辦。啊、美月，如果妳有留著之前使用的舊手機，要記得帶著。2小時之後再見了。」

伸明神色疲憊地這麼說完，便轉身離開健太他們。

轉身離開的伸明，臉上逐漸顯露出惡魔般的表情。他搖搖晃晃地走著，遠離了健太。

幾分鐘後，伸明走到一戶民宅前。那是一棟老舊的日式木造平房，門牌上寫著「本多」兩個字。

屋子裡沒有半點燈光。

由於找不到對講機在哪裡，伸明只好敲敲木門上的玻璃窗。

「抱歉這麼晚來打擾，請問有人在嗎？」

等了幾秒鐘，正要再敲一次門時，玄關亮起燈光，大門打開了。

老房子散發出一股獨特的氣息。

「這麼晚了，有什麼事啊？」

一個滿頭白髮的老太婆站在玄關門口，駝著背，用沙啞的聲音問道。

「抱歉，這麼晚來打擾您。我有件事想要問您，您可不可以告訴我，奈津子小時候為什麼會喪失記憶呢？」

「……回去！」

老太婆打算把門關上，可是伸明趕緊用手擋住門縫，再次懇求道：

「我必須知道奈津子過去發生了什麼事！」

「我又不認得你，跟你說也沒用，快回去吧！」

「我等一下要去夜鳴村，那是一個33年前消失的村落。」

「你、你為什麼知道這個地名？」

「果然，奈津子的過去、她的記憶、夜鳴村、還有她的父母，一切都是有關聯的，對吧？」

「沒有關聯！」

老太婆當場跪坐了下來。

「可怕的孩子、可怕的孩子啊！奈津子受到詛咒了，父女都受到詛咒了！」

「父女都受到詛咒？能不能再跟我多說一點？拜託您了。」

「那是誰都不願意提起的過去，只要一提起，就怕災難會降臨。」

老太婆用力扳開伸明架在門縫的手。

伸明痛得把手縮回來，老太婆便趁這機會趕緊關了門，上了鎖。

「這樣下去，所有人都會死。奈津子也是！即使這樣您也不在乎嗎？」

老太婆背靠著玻璃窗，肩膀縮了起來。

「那是絕對不能觸碰的過去啊。」

「您很在意過去發生的事嗎……可是，和過去相比，現在更重要不是嗎？」

「只活了15年多的毛頭小子，你懂什麼！快回去吧！」

「……我明白了。抱歉這麼晚來叨擾您。」

伸明放棄，準備轉身走人，這時老太婆隔著門，小聲地問他：「你無論如何都要去夜鳴村嗎？」

「無論如何都要去。」

「『12』。我只能跟你說這麼多了，你自己小心吧。」

伸明低頭道謝，離開了奈津子的家。接著，他走向公園，打算取回自己的手機。

可是，快走近公園時，突然看到閃著紅光的警示燈。

是警車嗎？周圍一片黑暗，所以燈光格外刺眼。

伸明放棄回到公園，躲在電線桿後頭，然後像是逃命似地離開了現場。

伸明在夜路上奔跑著，回到了自己的家。廚房的窗戶還透著光。

「媽，妳還沒睡嗎？」
他輕輕地打開門，屋裡傳來一陣香味。
伸明走進家裡，把廚房的門打開，看見餐桌上還擺著晚餐，全都是他愛吃的菜色。母親坐在椅子上，頭趴在餐桌上睡著了。
「真的就像妳答應過的，媽……每天妳都會準備飯菜，等我回來。謝謝妳。可是，這麼多我也吃不完啊。讓妳這樣等待，讓妳這樣擔心，真是對不起。」
忽然想到自己渾身是傷，要是被母親看到，一定會更心疼吧。所以伸明偷偷抓了一個炸雞塊，沒有吵醒母親，悄悄地溜出廚房。
「炸雞塊還是溫的呢……大概重新加熱了好幾次吧，讓我隨時回到家都可以吃。」
伸明的胸口傳來一陣揪緊的感覺。
他走進自己的房間，換好衣服，把身上的傷口稍微包紮一下，就準備好要去夜鳴村了。
出發之前，伸明在筆記本上留了一些話。
為什麼……這個班級會被捲入國王遊戲呢？
國王遊戲的終結時刻，遲早都會找上我吧？不、找上我也無妨。
因為我有該做的事。
心裡充滿了對同學、好友的思念，還有對母親的感謝。
假如，我沒辦法再活著回來的話，到那時……
雖然不知道該怎麼寫才恰當，但是伸明把自己的心情都寄託在這封信裡。

這是一封只有在最壞的狀況下，才會被人看到的信。

伸明滴下眼淚，染濕了筆記本的紙張。

「給我不知何時才能歸來的處所。」

不知何時才能歸來的處所，是指自己的家、母親身旁、還是……

伸明打開抽屜，把封信收好，然後，在不吵醒母親的情況下，靜靜地離開了家，快步走向跟健太和美月約好的車站。

【6月4日（星期五）清晨5點50分】

車站周邊一片寧靜。那是一個古老的木造車站建築，已經有30多年歷史了。

在車站附近的公車站前，健太和美月都在等待伸明的到來。

「抱歉，讓你們久等了。」

「我們也才剛到而已，沒什麼。」

伸明和身穿連身工作服的健太打聲招呼，然後看著美月。

美月穿著偏向成熟女性的服飾，在寬鬆的毛衣罩衫上，掛著雙色的三串項鍊，下身則是穿著貼身的喇叭裙。

「美月，妳穿這樣子……我們要去的地方在山裡耶。」

「所以我把靴子換成球鞋啦。」美月抬起腳，把球鞋秀給伸明看。

「這個模樣……算了，也可以啦。走吧。」

美月不瞭解自己處在什麼狀況之下嗎？

說不定今天就會死啊。

為什麼還能這樣心平氣和地看待這一切呢？

三個人買好了車票，並排站在月台白線後方，等待第一班車抵達。

兩節車廂的電車駛來，發出刺耳尖銳的煞車聲，電車停了下來。

在吵雜的機械聲中，車門開啟。

走進電車內，坐在面對面的座位上，美月平靜地開口詢問：

「夜鳴村是怎樣的一個地方啊？」

「到了妳就明白了，很難用言語說明。簡單地說，是個很恐怖的地方。」

「很難用言語說明……不過就是一個廢棄的村子嘛。」

可是在那裡，感覺不到一絲生氣，村子就像一個無底的恐懼深淵。

到了那裡，人會覺得自己變得不像自己了，就像是人格崩潰了一樣。到時候，美月大概會後悔自己跟去那種地方吧。

「美月，妳有帶之前使用的舊手機嗎？」

「有啊。」美月拿出舊手機給伸明看。

「等我們到了××市，看到有開門的通訊行，就去換一款新機種吧。」

「……可是，奈津子說……換機種也沒用，我只有死路一條。」

「不要聽奈津子胡說八道，真受不了！」健太大聲地罵道。

「沒錯，不必把奈津子說的話當成聖旨。換機種也是一種嘗試。現在我們只能走一步算一步，畢竟不管怎麼說，身邊都得要有手機才行。」

「伸明說得沒錯，現在先別想太多。抱歉，我問個題外話，美月……妳現在有喜歡的男生嗎？」

「啊、我也很想問這個問題。美月畢竟是很受男生歡迎的那一型。不知道我和美月能不能擁有超越朋友的交情？」

「伸明不可能啦！」
「就是啊，伸明，你被甩啦。」
「回答得這麼快……我有那麼……」
伸明和健太兩人東聊西聊，希望美月能夠撇開那些無謂的擔心。
轉乘了3次電車，到了下午2點，總算抵達了××市。首先，他們到通訊行去，為美月辦了換手機的手續。
「手機換好了，接下來我會遭遇到什麼狀況？」
「等等看就知道了。」
「我也是一樣的看法。」
讓美月換手機這件事，伸明和健太各有各的想法。
伸明的想法偏向「惡」的那一邊，健太則是偏向「善」的那一邊。不過，說不定任何選擇，最後都會朝「惡」的那一邊發展。
正在招計程車的時候，伸明一個沒注意，差點腳軟跌倒。健太趕緊把伸明拉住。
「喂！你撐得住嗎？」
「別擔心。」
坐上計程車，伸明把目的地告訴司機：「請載我們去矢倉山隘。」
司機按下計程錶的按鈕，踩下油門行進。計程車穿越市街，抵達了矢倉山隘。
在前往隘口的這段路上，會車的車輛很少，只有2輛轎車、4輛卡車而已。

「司機先生，我們要在這裡下車。」
「小哥，你要在這種地方下車？」
「是的。」
「……你們、該不會是想在深山裡自殺吧？你們還這麼年輕，就算人生有困難，也一定可以跨越的。」
「不是你說的那樣啦！」
三人下了計程車。
走了一會兒，來到了夜鳴村的入口處。這時，天邊已經被夕陽給染紅了。
雖說夏季時節，天黑得比較晚，但是深山裡還是相當陰暗。等一會兒太陽下山之後，在這沒有路燈的地方，恐怕就只能用一片漆黑來形容了。
「健太、美月，我們走吧。」
通往夜鳴村的山路入口，被一塊巨大的水泥路障擋著。那塊水泥路障就像一片巨大的牆，阻隔外來的入侵者。
和7個月前伸明來造訪時一模一樣，沒有任何改變。
「我們要從這裡走到夜鳴村。」
「你在開玩笑吧？這裡要怎麼進去？」
「在那邊，那邊有空隙。」
伸明帶頭走去，先把腳伸進空隙，然後再讓身體跟著滑過。

接著是美月，她的裙子一度被樹枝鉤住，經過一番苦戰，好不容易通過了空隙。

不過最難過的是健太，他的身體太壯了，幾乎擠不過狹窄的空隙。

越過那拒人於千里之外的屏障，伸明看了看周遭。

叢生的灌木與樹木之間，只有一條細細的山路。由於外頭的光線無法照射到這裡，視線最遠不超過幾公尺。雖然他們心中都不免膽怯，但是誰都沒有說出口。

伸明在黑暗中邁開步伐，健太和美月則是跟在他後頭亦步亦趨。

人類的汗味和淚水的成分，吸引了許多果蠅在面前飛舞。

牠們想要趁機貼近人的眼睛，舔食淚水中的蛋白質。

三個人都不斷地揮手，想趕走那些果蠅。

這時，一隻全身裹著毛皮的四足動物，發出了獸鳴。那嚎叫聲充滿痛苦，傳達著飢餓的訊息。

夜鳴村之所以被取名為夜鳴村，就是因為到了夜裡，會聽到野獸的嚎叫。

美月縮起了身子，緊緊地抓住健太的手臂。

「那到底是什麼啊？不要嚇我啦……」

伸明回過頭來，只說「快走」，便逕自加快了腳步。

走了一陣子，伸明環顧四周，看到一個反射鏡，但是鏡面已經遺失了。

擁有巨大翅膀的鳥，揮動翅膀飛了起來。

美月發出尖叫，堵住自己的耳朵。

手電筒映照著前方的路面，地上有像是足跡的凹痕。如果那是足跡的話，就表示有人來到這裡。伸明吞了吞口水。

「我們快點走吧。」

他向前方的黑暗邁進。

大約走了2個小時，終於看到前方有幾戶民宅。這時，太陽已經下山了，周邊完全被黑暗所籠罩。

天上只剩下反射著太陽光的月亮。

但是，他們前來的地方，是一個連月光都照耀不到的黑暗世界。

伸明拿著手電筒照亮民宅，民宅已經朽壞得相當嚴重，不能再住人了。

那些在人世間仍殘留著怨恨、無法前往西天的死者，就像是藏身在這些損毀的民宅裡似的，對外來的活人感到憎恨，卻也感到羨慕。

「我也不想再來這裡啊。」伸明不禁這樣說道。

好恐怖，好想回去——。美月流下了眼淚，伸明察覺她內心的恐懼，這樣對她說：

「會害怕嗎？要不要待在這裡？」

又聽到了野獸痛苦的嚎叫聲。

「不要！我要跟著你們一起走。」

原本躊躇的腳步突然變得有力起來，美月繼續前進。

三個人通過了1棟、2棟、3棟民宅，走到第4棟民宅時，停下了腳步，朝建築物接近。

這是一棟式樣古老的農家，有茅草的屋頂和夯土的牆壁。地上散落著破碎的窗戶玻璃，看來依舊是那麼銳利。

伸明走到側門的地方，透過破碎的窗戶，用燈光照亮室內。

地上沒有木頭地板，而是水泥地面。遠處看得到洗手台和堆放的農具。

把門推開時，發出了難聽刺耳的摩擦聲。

門楣上落下陣陣沙塵。

「你、你要進去啊？……我和健太還是在外頭等好了。」

「健太，美月就拜託你了。」

「我明白了，你要小心一點喔。」

伸明硬是把門推開，走入戶內。

1步、2步、3步……他戒慎恐懼地跨出每一步，然後看到了安置佛像和牌位用的神壇，榻榻米上頭則散落著佛經、佛具、念珠、牌位、佛像。

伸明把牌位撿起來，擦掉上頭的灰塵，牌位上刻著【田中伊　美】這幾個字。

「其中一個字被刮掉了。」

視線落到腳邊，看到一張褪色的黑白照片。

拿起照片來看，發現上面是一個老女人。

「呀啊啊——！」

外頭傳來美月的慘叫，還有健太的怒喝聲。伸明趕緊扔下照片，跑回健太和美月所在的位置。

外頭有兩隻激動的野狗，露出獠牙，發出低吼，像惡狼一般滴著口水，很顯然是在威嚇人類。

健太和美月被野狗逼到了牆邊，背部抵著牆面。

「健太、美月！」

「這些野狗想吃了我們啊！」

美月把視線轉向伸明，想要尋求協助，可是，剛才還在那裡的伸明，早已不見蹤影。

「不見了！他一個人逃跑了嗎？真差勁！」

「只是野狗而已，我一個人就對付得了，妳別擔心。」

野狗張大了嘴，露出獠牙，朝美月襲來。

健太大吼一聲，一拳就朝野狗的太陽穴揮下。

可是，野狗的動作更為靈活，先是閃開了攻擊，然後繼續撲向美月。

野狗的獠牙眼看就要觸及美月的頸部，美月嚇得雙手緊縮在胸前，身體瑟縮起來。

「快滾！笨狗！」

健太一把攫起野狗的身子，把野狗扔了出去。

野狗跌倒在地上，但是立刻就重新站了起來，回復到攻擊狀態。

「真是難纏。」

「健太，用這個！」

突然出現的伸明，將一根竹掃把扔給健太。

「喔喔，太好了！可是，這是掃把耶，沒有更像樣的武器嗎？」

「我也是臨時找來的，你就別挑剔了。」

健太拿起竹掃把用力揮舞了幾下。

竹掃把劃破空氣，發出呼呼的響聲，野狗聽了感到畏懼，夾起了尾巴。健太繼續揮舞竹掃把往前推進，野狗被這氣魄所震懾，趕緊逃離現場。

「真的好可怕喔，我以後不敢靠近狗了啦。伸明也是，居然一個人逃走，討厭！」

美月雙腿一軟，跌坐在地上，開始啜泣了起來。

「我並沒有逃走啊。」

「你有！你有！你逃走了！」

「算了，隨妳怎麼想吧。」

「已經沒事啦，伸明也沒有逃啊。」健太撫摸著美月的頭。

「喂！伸明，你要去哪？太危險啦！」

伸明逕自往前走去，即使健太呼喚他，他也沒有回頭，或是停下腳步。

「沒聽見嗎！我也要去，來，站起來，美月。」

「……拜託你們，暫時不要跟我來。」

「為什麼？怎麼突然這樣？發生什麼事了嗎？」

「我有件事要去確認一下，馬上就回來。拜託你，讓我一個人去就好。」

「……好吧。要是遇到危險的話，記得大聲向我們呼救啊！」

「嗯。」

「剛才想要襲擊我們的那些野狗，嘴巴周圍有凝固的血跡呢，你明白這是什麼意思嗎？」

伸明依舊沒有回頭，只是沉默地舉起手揮一揮，表示他知道了。

就這樣，伸明走出了健太的視線範圍。

伸明一心只想早點確認，無暇他顧，走上了一條幾近於獸道的小徑。

他通過了第5棟、第6棟、第7棟民宅。再往前走，就是一棟可能是村民集會所的水泥建築。他通過集會所，繼續往前走，前方是他從未去過的未知之地。

集會所再過去一點的遠處，是一片墓地。人們相信靈魂是不滅的，所以人死之後，靈魂會離開肉體。

墓地就是死者靈魂安眠的地方。夜鳴村村民的遺骨、遺體，都是安葬在這裡。

說不定在這其中，也有些是死於國王遊戲的人的墳墓。

「原來是葬在那裡嗎……？待會兒再過去吧。」伸明嚥下口水。

第9棟、第10棟，通過了第11棟民宅，走到第12棟民宅時，伸明停下了腳步。

暗示有可能這麼明顯嗎？雖然半信半疑，但內心不由得騷動起來。

這時，有個東西映入伸明的眼簾。

「……還真的是在這裡呢。我就確認一下吧！」

伸明所看到的，是一塊長了苔蘚、上面刻著「本多」兩個字的門牌。門鎖早就壞了，於是伸明伸手推開大門。

一打開門，屋內就傳來一股強烈的惡臭，刺激到幾乎讓人頭暈目眩。因為實在太噁心了，胃酸差點逆流出來。

他捏住鼻子，執意要走入屋內一探究竟。在玄關的地面上，散落著稻草和桑葉，地上叢生著洋野黍、稗草、糠穗草等各種雜草，還有一隻皮靴、沒有頭部的日本人偶娃娃、杵臼、蒸籠，凌亂地扔在地上。

真是個亂七八糟的玄關。

一面撥開雜草，伸明一面往裡頭走。

裡頭有個五坪大小的房間，正中央有個圍爐。伸明拿起手電筒，照向圍爐附近。

一股寒氣凍住了他的背脊，伸明甚至能夠聽見自己猛烈的心跳聲。

在圍爐旁邊，倒臥著一個人。從伸明所在的位置，只能看到那個人的背影。不過，從服裝和體格來看，確定應該是個男性。

伸明戒慎恐懼地朝那男人靠近。那股刺鼻的惡臭，就是這個男人散發出來的。

已經死了，是一具屍體。

室內之所以這麼臭，就是因為這具屍體早已腐爛了。

蒼蠅在屍體四周飛舞，伸明實在忍受不住臭味，趕緊用手摀住口鼻，但是乾嘔卻讓他不由得流出眼淚。

「這傢伙……是誰啊？」伸明一面說著，一面端詳男人的臉孔。

「這、這也太慘了吧……居然……變成這樣……我……我再也……受不了啦！」

伸明的呼吸變得急促又慌亂，差點就要喘不過氣。

那男人的臉部已經腐敗，爛到看不出原貌了。蛆蟲在上面鑽入鑽出，右眼的眼珠不見了，嘴唇則是被撕裂，臉頰上的肉也不見了，露出口腔內的牙齒。

光是看臉，絕對認不出是誰。

臉部、頸部、手部，都有遭到啃咬的痕跡。

「野狗的嘴巴周圍有凝固的血跡……是……因為野狗在吃他嗎？」

伸明一個恍神，跌坐在地板上。

手邊忽然摸到一把獵槍，伸明有些疑惑，再次端詳那男人的臉。

耳朵上方有個很大的空洞，頭蓋骨碎裂了。

這個人是……自殺的？

移開視線，看到佛壇兩邊插著早已乾枯的白大菊，中央則是安放著某人的遺照。

伸明把遺照拿來細看，但是當他看了第一眼，便說不出話來，換來的是停不下來的眼淚。

照片拍攝的，是伸明再熟悉不過的人。

遺照上的人，正是剛升上高中時的智惠美。她站在校門口，穿著全新的制服，露出天真無邪的微笑。在這個時期，伸明和智惠美還不知道彼此的存在。

伸明頓時失去體力，遺照從手中掉落到地板上。在佛壇上，還放著一封信。

【智惠美走了之後，我來到了這個災厄之地，這是我這個父親應得的懲罰和報應。我現在就去找妳，向妳道歉了，智惠美。】

「難……難道……這個人、是智惠美的父親……」

伸明失去了理智，瘋狂地大叫起來：

「唔啊啊！唔啊啊啊！這是智惠美的父親嗎！為什麼會在這裡呢！」

「怎麼了，伸明！發生什麼事了？我馬上過去！」

健太趕緊衝到伸明所在的民宅前，這樣大喊道。

「不要進來！千萬不要進來！」

「什麼叫千萬不要進來！我是來救你的啊！」

「不用你多事！就算健太進來也無濟於事，什麼忙也幫不上。只會讓我困擾而已！」

伸明大聲地喊回去。他難以接受這樣的事實，開始變得自暴自棄。

而且他真的不想讓健太看到智惠美父親的遺骸。

「我來這裡，是因為想要幫助伸明，助你一臂之力啊！」

「幫助我？過去的我，跟朋友說過不知多少次『我會幫助你、我會救你』，可是，卻從來沒有成功過。我沒能保護他們！光是用嘴巴說說，誰都辦得到！」

「你不要自暴自棄！你絕不是那種只會嘴上說說的人！你想要幫助別人的那顆心，絕對不是虛偽的！

……你稍微冷靜一點吧。不冷靜下來的話，就會看不清事實……伸明，這位死者是……」

健太已經走進了房間，而且也頓時語塞，說不出話來。

「不是叫你不要進來嗎！」

伸明脫下身上的外套，蓋在智惠美父親的遺骸上。

——真是諷刺啊，智惠美。現在在我面前的，是智惠美的父親。為什麼他要來到夜鳴村呢……等等？智惠美知道國王遊戲最後一道命令的內容，她知道只有一人能夠存活下來。難道說，智惠美的父親就是夜鳴村出身的人，曾經體驗過國王遊戲嗎？他和我一樣都是遊戲的倖存者？他把他的親身體驗告訴了智惠美嗎？

「只能這樣解釋了，這樣就連得起來了。對吧？健太。」

但是健太突然伸出一隻手指，按在自己的嘴唇上，然後小聲說道：

「你有沒有聽到，好像有人在笑的聲音。」

「……是不是美月？」

「我叫她在外頭等著。可是，聲音像是在房子裡……聽起來很近……」

「是誰？快出來！」健太大聲嚷著。

沒有人回答。

在這種狀況下還笑得出來的人，一定不是普通人。這樣的人，感情和思考模式都和常人不同。

喀噠喀噠的聲音傳來，是窗框在晃動。可是，不知道是被風吹動，還是有人故意在搖動。

此刻只能感受到非比尋常的氣氛，伸明的脖子冒出冷汗，肌肉因為僵直而無法動彈。

就好像人體自動感覺到「有危險、不要動」，為了自我防衛，而讓身體的動作暫時停止一般。

背後傳來令人不快的寒氣。

就好像有人伸出手指在撫摸著他的背脊一樣。

伸明顫抖著，他的直覺告訴他「不要看後面、不要轉頭看」。

可是，背後似乎又在告訴他「回頭吧，回頭看吧」。

打從來到這裡，伸明就有一種感覺。

在這個地方，除了我們之外，不應該有別人存在才對，伸明這樣說服自己，接著轉過頭去。

那裡有個頭上包著繃帶的男人。

男人的眼神帶著警戒、表情充滿恐懼，一臉就快要哭出來的樣子。

那是一種非常複雜的表情。

「呼、是鏡子啊……我的模樣……還真慘呢。」伸明不由得撫摸一下胸口。

原來那人是鏡中的伸明。

「誰在那裡？」健太又再度大喊，把伸明嚇了一跳。

「這麼說來，美月到哪去了……？」

「我叫美月在玄關那裡等著。」

「不對啊，剛才你這樣大叫，她不可能沒聽到吧。按照常理，她至少應該反問：『你在叫什麼？』才對呀！」

「美月！」健太一面叫著，一面跑出房間。
「我也跟你去！」
伸明馬上起身，要跟著健太跑出去，不過，他忽然想到，說不定有派上用場的時候，所以他先撿起地板上的獵槍，才上前追趕健太。
到了屋外，健太瞭望四周，同時呼喚著美月的名字，伸明也大聲地叫著美月。
可是，沒有人回答。也沒有看到美月的蹤影。
「妳跑到哪去啦？美月！」
伸明心中浮現一絲不安。
健太想要打手機給美月，可是伸明卻說：「這裡沒辦法接收訊號，打不通的。」
「沒有訊號？可惡！早知道我就不該離開她，那樣就不會發生這種事了。」
「美月她……」
健太沒等伸明說完，就知道他要說什麼了。
——既然我還活著，就表示美月也還活著。美月一旦死了，我也會死。
「美月一定還活著！」
「我們就抱著這樣的希望吧。現在幾點了？能不能告訴我？」
「……快要9點了。」
「這裡距離收得到訊號的地方，有2小時的路程。我們再花1個小時尋找美月，然後要趕緊把她帶到能夠收發訊號的地方，否則，她就沒辦法傳送簡訊了。」

健太臉上的表情突然轉變，用銳利的眼神瞪著伸明。

「跟我說老實話，伸明，你要傳簡訊給誰？不、應該說，你要美月傳簡訊給誰？」

「我打算叫美月傳簡訊給奈津子和翼這兩個人。這麼說或許有些殘酷，但是請你一定要諒解。我認為，往後奈津子還會製造更多麻煩。另外，健太應該還不知道，其實翼已經受到懲罰了，我也無法確定他現在是生是死，只能推測他已經精神崩潰了。就我的立場來說，我也只能犧牲翼，去換取美月的生存。」

「難道你不認為，無論在什麼情況下，生命都是同等重要的嗎？」

「可是，剛出生的嬰兒，和壽命將盡的老人，這兩者的生命也是同等重要嗎？」

「嗯，我認為只要是活著，就一樣重要。」

「我知道這是身為人應該有的認知，可是，這樣的認知只會讓你的內心更加痛苦罷了。因為，這樣的理想還是敵不過現實的殘酷。」

兩人沉默了好一陣子，彼此僵持對視著。沒多久，伸明隨即將肩頭的力氣給放了下來。

「我們暫時別爭執了，應該做最優先的事才對。我去墓地那裡調查，順便找找筆記本，美月就拜託健太你去找了。」

兩人各自抱著不同的盤算，分頭前進，伸明走向墓地，健太則是朝村民集會所前進。

伸明在墓地的入口處停下腳步，先深呼吸一口氣，讓心情平靜下來。

這裡埋葬著許多人的遺體和遺骨，是憑弔故人的場所。

大約10坪左右的墓園，矗立著9個大小不一的墓碑，就好像在等人前來似的，靜靜地立在那裡。

墓地長滿了雜草，草葉早已蓋滿墓地，不留下任何空隙。夜風吹來，把雜草吹得沙沙作響。

伸明把手上的獵槍放在地上，然後保持警戒，走入墓園中。

視線一轉，看到一座小小的紅色鳥居牌坊，孤獨地矗立在那兒。鳥居牌坊的下方，則是放著一個早已經髒污變黑的兔子布偶。

「為什麼村民要在這麼偏僻的地方建造鳥居呢？」

這座鳥居牌坊，看起來不像是要用來供奉神明的，反而像是要祭拜什麼人才建造的。

供奉、祭拜死者？對了，是墳墓。這麼說來，擺放布偶應該是為了祭拜小女孩吧？

果不其然，在鳥居後頭有一堆漆成白色的石頭，層層疊疊堆高起來，下方的石頭比較大，越上面石頭越小。

「2、4、6、8、10、11、12……12個。」

伸明慌張地把堆起的石頭推開，開始挖掘石頭底下的土地。

「12這個數字……是奈津子的祖母說的數字！這底下一定有什麼！這裡一定埋著什麼！」

這其實不過是伸明自己的猜測，但是，他很想確認自己的臆測是否正確，所以非常專注地挖掘著地上的紅土。

地面很硬，徒手挖掘讓他的指尖疼痛不已，泥土也塞進了他的指甲縫隙。

不過，此刻的他根本顧不得這件事了。

大約挖掘了30公分，伸明的指尖觸到了什麼堅硬的東西。他把紅土撥開，把那個東西小心地取出來。

那是沒有肌肉、沒有皮膚、沒有頭髮的一個小小頭顱骨。

頭骨上的牙齒排列得相當整齊，伸明發現鼻子的部位有個洞，這才曉得原來鼻子是沒有骨頭的。

骷髏頭比伸明想像中要來得輕。其實他早該想到的……人的頭顱裡面裝了好多東西，才會變得那麼沉重，一旦肉體消失，只留下骨頭，就沒那麼重了。

「夜鳴村以前一定發生過什麼慘劇吧！」

伸明把骷髏頭上的泥土撥乾淨，嘆了口氣。

「真是可憐啊，竟然獨自被葬在這裡……」

他感到深深的悲傷。沒有憤怒也沒有狂躁，真的就只有悲傷而已。

伸明心想，身體的其他部分應該也埋在這裡吧，所以繼續挖掘周圍，終於把身體其他部位的骨頭都挖了出來。

伸明吸著鼻子啜泣著，用袖子擦拭眼淚。

這時他忽然想起一句話。

『那是誰都不願意提起的過去，只要一提起，就怕災難會降臨。』

「夜鳴村過去發生了什麼事，我的確不明白，那些過去，或許真的該被遺忘，不要再提起比較好。可是，一個勁地逃避，這樣的慘劇就永遠無法終止，人就無法和過去一刀兩斷。

人總是會在無心之中犯下過錯，或是失敗。只要是人，都不免會犯錯，因為，這世界上沒有完美的人。正因為人懂得反省過錯，懂得彌補失誤，人才有存在的價值。」

伸明把遺骨小心地擺放在鳥居下方，深深低頭禱告祈求著。

——我一定要斬斷這個災難。假如，這一切結束時，我還能活著的話，我一定會再回來這裡的，請安息吧。

伸明重新把遺骨埋好，這時，他發覺事情有些蹊蹺。

智惠美的父親是夜鳴村出身的，而且是國王遊戲中唯一的倖存者。

而稍早在電車裡，則是聽健太提起，奈津子的雙親好像也參加過國王遊戲，究竟是父親還是母親，伸明並不清楚。但是，奈津子知道國王遊戲會發生什麼樣的事，顯然是從他父母親那裡得知的。

這樣想的話就說得通了。可是，最重要的環節卻產生了矛盾。

奈津子的父親或是母親，曾經參加過國王遊戲，但是，卻沒有死在遊戲中，而是從遊戲中生存下來，那他們是如何存活下來的？

真的有逃過懲罰，倖存下來的方法嗎？

奈津子是1993年出生的，換句話說，她的父親或是母親，在逃離國王遊戲之後，還活了很多年，一直等到奈津子出生之後，才離開人世。

「到底是怎麼回事？我需要更多的資訊。」

伸明想要回到之前去過的集會所找資料，可是，周圍一片黑暗，景色又毫無變化，讓人分不清方向，所以只好憑著第六感，朝樹林的方向走去。

【6月4日（星期五）晚間9點25分】

「你在哪裡？伸明！」

健太大聲喊著，可是沒有人回答。

「你聽著，伸明！大事不好了，我突然收到好多國王的簡訊啊！這裡明明是沒有訊號的地方，卻還是收到同學受到懲罰的簡訊！班上的同學，一個一個都死掉啦！」

當伸明在杉樹林中迷路時，健太已經從集會所跑到墓地這邊來，一邊喘著氣，一邊悲嘆吶喊。

「可惡！還是來不及救大家嗎！他們到底遭遇到什麼事啊！」

健太開始確認簡訊內容。

【6／4星期五21：09　寄件者：國王　主旨：國王遊戲　本文：因為沒有服從國王的命令，所以處以分屍的懲罰。女生座號19號・谷川鮎美　END】

【6／4星期五21：10　寄件者：國王　主旨：國王遊戲　本文：因為沒有服從國王的命令，所以處以火焚的懲罰。男生座號9號・黑澤大輝　END】

【6／4星期五21：10　寄件者：國王　主旨：國王遊戲　本文：因為沒有服從國王的命令，所以處以窒息死亡的懲罰。女生座號5號・上松雪　END】

【6／4星期五21：13　寄件者：國王　主旨：國王遊戲　本文：因為沒有服從國王的命令，所以處以失血而死的懲罰。男生座號15號・神馬龍也　END】

【6／4星期五21：14　寄件者：國王　主旨：國王遊戲　本文：確認服從　END】

【6／4星期五21：15　寄件者：國王　主旨：國王遊戲　本文：因為沒有服從國王的命令，所以處以心臟麻痺的懲罰。男生座號4號・稻葉雅彥　END】

【6／4星期五21：16　寄件者：國王　主旨：國王遊戲　本文：因為沒有服從國王的命令，所以處以斬首的懲罰。女生座號22號・榛名蒼　END】

「我們又沒有做壞事，也沒有犯錯，為什麼要接受懲罰！我們做了什麼天大的壞事嗎？太殘酷了，這個國王遊戲……」

健太的手指停了下來，不再繼續點閱之後的簡訊，雖然還有好幾則簡訊沒打開來看，但是他實在不忍心再看下去，於是關掉了手機的電源。

「伸明，拜託你，找出對抗國王的方法吧。我現在就去幫你找那本筆記本。」

健太打算一面尋找美月、一面搜尋筆記本藏在哪裡。

他跑回了以水泥建造的村民集會所，站在伸明以前為了爬進去而打破的窗戶前方。

「有被人破壞過的痕跡，而且是最近弄的。」

健太大大地吐了一口氣，心中有了覺悟，才爬進屋內，沒想到一陣刺鼻的異臭衝入鼻腔。

雖然剎時間有些困惑，但很快就屏住呼吸忍了下來。

前面是個像宴會廳的大房間，室內有三個長條形的矮桌並排著，地板上的榻榻米已經腐朽，而榻榻米上則有無數個大大小小各不相同的足跡。

「你不是說好要保護我的嗎？」

健太回頭望向剛才自己爬入室內的窗戶開口，集會所窗外不遠處，長髮隨風飄逸的美月就站在那裡。

「剛才是在跟你開玩笑啦。我的個性真的很糟糕，老是喜歡鬧彆扭。」

「……我很擔心妳呢。」

「不要過來！就這樣保持距離，聽我說。」

「妳是怎麼啦？」

「我是來跟你道別的。其實，我原本打算什麼都不說，自己離開的。可是，我實在忍受不了，所以還是折回來了。我就是這麼一個不夠堅強的人。」

美月的眼眸泛出淚光，仰頭看著天。剛才還徐徐吹來的微風，突然靜止了。

「在危機狀況下成形的戀愛，終究沒有結果，就像一場夢一樣，遲早會消失得無影無蹤。」

美月露出無邪的微笑，臉頰上出現了酒窩。

「你知道嗎？自己的手機也可以傳簡訊給自己喔。為了保護健太……我會傳簡訊給自己。」

「妳可以傳給任何人，不需要傳給自己啊！」

「我已經決定了，另一個人就選奈津子吧。我饒不了奈津子，因為她想要傷害健太。她想假借我的手殺了健太。」

「……美月，妳……」

「你可不可以讚美我，說美月妳好漂亮、美月妳好可愛呢？就算是應酬話也好。」

健太紅著臉，卻什麼話也說不出口。

「不是跟你說應酬話也行嗎！真小氣，這點話也說不出口。我最喜歡健太了，雖然長相稱不上帥，可是很有男子氣概，而且很可靠。」

「我……不擅長表達我的情感，好比說……現在這種情況，我該說什麼才好……」

「只要把你的心情照實說出來就行啦，一點也不難。」

「我……唉、還是不行！」

「對不起，我不是故意要讓你為難的。」

美月把胸前的項鍊解下來，扔給了健太，然後便轉身邁步跑走了。

「拜拜，健太！」

「等一下，美月！」

這樣下去不行，這樣就太不像男人了。健太咬緊牙關，追了上去。

「我還有話沒跟美月說呢！」

「這幾個小時，能夠跟你在一起，我已經很滿足了！」

「妳這樣犯規啦！只顧自己說話，卻不聽我說，說完轉身就逃走！」

「不用多說了！分離就是這樣，以後也不會再相見了！我只是想再看健太一眼而已，原諒我，我是個自私又任性的人。」

健太追上了美月，拉住美月細瘦的手臂，然後從身後硬是把她給抱住。

就這樣把她保護得好好的，想要讓她忘卻悲傷、寂寞，還有痛苦。

美月仍舊在掙扎，一心想要逃開。

「放開我！這裡收不到訊號，我一定要跑到能夠發送簡訊的地方去才行！」

「我不是叫妳等一下嗎！」

健太的手臂更加用力，把美月牢牢地抱住。

「我不放手！」

「……從後面抱住我，這樣才叫犯規吧？明知道女孩子的力氣沒有你大。」

「在危機狀況下成形的戀愛，會不會有結果呢？難道妳不想知道嗎？」

美月停止掙扎，放鬆力氣，頭低了下來。

「……只怪我一廂情願，會錯了意，是我太笨了。」

「這就是我的心意。」

健太強硬地把美月的臉拉近，吻上她的唇。

美月再度低下頭，這次是滿臉通紅。

「好高興……我最喜歡健太了！既然如此，我就把我的心意告訴健太吧。」

「什麼？」

「我想要和你一起死。像這種國王遊戲，繼續玩下去只會越來越痛苦。我可以讓健太從痛苦中解脫，不需要再感到苦惱。我可以拯救健太脫離苦海、保護健太！」

「……妳在說什麼？」

「你沒有想過嗎？如果我傳簡訊給自己，我就會死，一旦我死了，健太也會死。健太是為了保護我而迎向死亡。這樣的愛情很淒美、很真實吧？」

「妳、妳瘋了嗎？」

「相愛的人一起死去，這樣才是永恆的愛啊。健太，已經沒有人能夠阻止我們相愛了。」

「妳錯了，美月！不可以輕言放棄，一定要振作起來啊！」

「拜託你，讓這個在危機狀況下成形的戀愛，結出果實吧。」

健太的眼眶發熱，用力地搖晃美月的身子。

「妳這樣想就大錯特錯了！人一旦死了，就什麼都結束了！」

美月臉上還是綻放著笑容，搖搖頭說道：

「不會結束的。」

「只有活著，才能感受到幸福、感受到溫柔、感受到彼此的體溫，不是嗎？妳醒醒啊！」

「……我只是想把我的心意告訴你，僅此而已。等我到了收得到訊號的地方，我就會傳簡訊給自己和奈津子。」

美月的眼中流出淚水，用雙手抵住健太的胸膛。

「我該離開了，再不走的話，就要趕不上了。我真的很愛你，健太，我們一定能夠再見面的。」

美月想要掙脫健太，把健太推開，可是健太的手臂卻一動也不動。

「慢著，美月！」

接著，美月的身體前屈成「く」字形，癱倒在健太的臂膀上。

「……你……怎……麼……這……」

原來健太朝美月的肚子用力打了一拳。

「抱歉，我也是不得已的……原諒我。」

美月暈厥過去。健太把美月放在地上，讓她仰躺著。接著，健太露出堅決的神情，再一次跑回村民的集會所內。

「到底藏在哪裡！已經沒有時間啦！」

健太一面大聲嚷著，一面搜尋封面上寫著【關於怪異事件的記錄】的筆記本。

希望伸明能夠找出足夠的線索，終結這一切。他只能這樣暗自禱告了。

雖然集會所裡充滿了詭異的氣氛，但是健太無暇他顧，每一處都翻開來搜索。

那是非常勇敢的行為。

可是，直到逼近預定時間，還是找不到筆記本。

健太只能埋怨自己的無能。

「我究竟是為了什麼，要到這裡來啊……」

【6月4日（星期五）晚間10點32分】

健太離開集會所，返回美月的身邊，哀痛地留下眼淚。

「到頭來，我還是什麼都辦不到，什麼忙也幫不上，可惡！」

然後，他從美月的喇叭裙口袋裡，拿出了她的手機。

此時的健太，想起了他和伸明的對話。

『難道你不認為，無論在什麼情況下，生命都是同等重要的嗎？』

『我知道這是身為人應該有的認知，可是，這樣的認知只會讓你的內心更加痛苦罷了。因為，這樣的理想還是敵不過現實的殘酷。』

「生命的重要程度、理想和現實……是嗎？」

他拿起美月的手機，打開螢幕，開始輸入文字。收件人輸入【赤松健太】，本文則輸入【去死】，然後按下傳送鍵，可是手機卻回報【傳送失敗】。

「果然傳不出去……明明能夠接收到國王的簡訊，可是卻沒辦法傳送簡訊……」

健太再一次回到村民集會所，找了一些紙張，寫下訊息。

「你一定要看到啊，伸明。」

接著，健太背起了美月，全力奔馳，朝著能夠收到訊號的地方前進。

過了一個鐘頭，手機螢幕上終於顯示出有訊號的符號，健太抵達了能夠傳送簡訊的區域。

【23：49】

「總算趕上了。」

健太站著喘氣，調整呼吸，然後把美月放下來，讓她靠著路旁的護欄坐好。

「這樣就行了。」

他打開手機，開始輸入簡訊。收件人輸入【本多奈津子】，接著在本文輸入【去死】二字。

然後抓著美月的手指，按下發送簡訊的按鈕。

螢幕上顯示出【已傳送】幾個字。

「這樣應該算是美月傳送的簡訊吧。再來就是我了……」

他在收件人的地方輸入【赤松健太】，接著在本文輸入【去死】二字，然後用同樣的方法按下傳送鍵。

【已傳送】

健太臉上浮現了溫柔的微笑，他輕撫著美月的頭髮和臉頰。

「美月，妳要連我的份一起好好地活下去知道嗎！這是愛妳的人希望妳能幸福才會做的事，妳可不要再想不開了！」

此時，健太的手機鈴聲響起。

【收到簡訊：2則】

【6／4星期五23：53　寄件者：雪村美月　主旨：　本文：去死】

【6／4星期五23：53　寄件者：國王　主旨：國王遊戲　本文：確認服從　END】

「太好了，這樣美月就得救了。因為我救了美月的命，等於服從了命令，所以才會收到【確認服從】的簡訊吧。可是，到頭來，我還是死路一條。之前我還大言不慚地說什麼『人一旦死了，就什麼都結束了』，現在的我卻自己斷送自己的性命……在旁人看來，一定很蠢吧。」

健太因為擔心美月著涼，所以把自己的運動外套脫了下來，披在美月的背上。

「伸明，美月之後就要由你來保護了。」

這時，健太的手機再度響起。

【收到簡訊：1則】

【6／4星期五23：55　寄件者：國王　主旨：國王遊戲　本文：還有5分鐘　END】

健太瞇起眼睛，不解地說道：

「還有5分鐘？什麼意思？」

當健太背著美月跑出夜鳴村時，伸明還在林木叢生的深山裡奔跑著。之前在豐後公園被毆打的傷口，雖然感到非常疼痛，但是伸明依舊忍了下來，繼續奔跑。

終於，周圍的樹木變成了杉樹。

「是杉樹……離夜鳴村很近了。」伸明不禁脫口而出。

眼前的樹林，在樹幹縫隙中微微透出亮光，伸明朝著那股亮光跑去，終於穿越杉樹林，來到了開闊的場所。

環顧四周，發現是那些似曾相識的民宅。

「太好了!我總算回到夜鳴村了。」

伸明於是一邊跑一邊呼喊著健太的名字,要跟他們會合。

「健太!美月!」

跑到了集會所前方,只見到地面上散落著許多紙片。

伸明不解地撿起其中一張紙,看到上頭寫著:

【總有一天心願會得到報償的。】

他又慌張地撿起地上其他紙片,上面寫的都是同一句話。

只有最後撿起的那一張紙,寫了不一樣的句子:

【美月就拜託你了。】

「健太——!」

伸明臉色一變,又拔腿狂奔起來,他已經預料到健太想要做什麼了。

健太想要尋死。

健太大概在我離開的這段期間,已經找到美月了吧。

美月僅剩的時間不多了,健太想要救美月,就必須強制傳送兩則【去死】的簡訊給班上同學。而且,得要前往能夠收得到訊號的地方。

而健太很可能會把自己列為兩人之中的一人。

「真是愚蠢!你這傢伙!哪有人傳簡訊給自己的!我不是說過了嗎,傳給翼就好啦!」

伸明流下眼淚,加快了跑步的速度。滑落臉頰的淚珠被風吹到身後,像小水滴一樣飄散在空中。

「健太，不要做蠢事啊！我不會讓你白白送死的！」

健太皺起眉頭，站在原地。

「這則簡訊是什麼意思啊？要是伸明在的話，說不定還可以問問他。」

健太一面這麼說道，一面望著美月。美月雖然已經暈厥過去，但是眼睛卻還是不自覺地流下眼淚。

「是因為夢境而哭嗎？……是開心的夢？還是悲傷的夢呢？」

「健太！」

健太轉向叫喊聲傳來的方向，瞇起眼睛凝視。

「聽到的話快點回答我啊，健太！」

「……怎麼追上來了，這個傻瓜。不要管我們啦，快去找筆記本比較……重要啊！」

健太低下頭來，沒有回應伸明的呼喊。

「總算找到你啦！」

伸明跑到了健太面前，用手搭在他的肩膀上，開心地說道。

「總算趕上了……你還活著，真是太好了。」

伸明望了一眼背靠在路邊護欄坐著的美月。

「你故意把美月打昏，然後想代替她傳簡訊嗎！你該不會已經傳送出去了吧？如果還沒傳送，那就重新考慮一下吧！」

伸明用手抓住健太的衣領，健太則是用認真的眼神看著伸明。

「你在說什麼啊？」

「別想騙我！你為了救美月，寧可犧牲自己，對吧！」

「沒這回事，我也是很怕死的，剛才我已經把簡訊傳給奈津子和翼了。」

健太暫時用這幾句話打發伸明，讓他冷靜下來，然後，把剛才接到【確認服從】的簡訊一事告訴了伸明。

「那大概是其他人服從命令了吧。只要有人服從命令，所有人都會收到【確認服從】的簡訊。畢竟還有其他人也收到各自不同的命令，對吧。」

「原來是這個意思啊……」

健太回答時，臉上露出了落寞的神情。這時，美月的手機又收到簡訊了……【收到簡訊：1則】。

【6／4星期五23：58　寄件者：國王　主旨：國王遊戲　本文：還有60秒　END】

「……只剩60秒了嗎？」

看著簡訊，健太這麼說道。

「趕快把簡訊傳出去啊，健太！不然的話，美月會死掉的！」

健太一時止住了呼吸，轉過身去用他巨大的背部對著伸明，不想讓伸明看到他的表情。

「……抱歉，我剛才沒說實話。其實，我已經傳簡訊給奈津子和自己了。」

「不、不會吧……把簡訊給我看！」

伸明從健太的手中，搶下了美月的手機，確認已傳送的簡訊。

他按壓按鍵的拇指，不自覺地增加了力道。

「你、你真的傳送出去了……」

「可是，已經傳送出去5分鐘了，我的身體還是沒有任何異狀啊！」

「……這表示健太得救了嗎？啊……」

「我記得奈津子說過，換機種也沒用，美月已經沒救了。我當然不想認輸……不、應該說，我始終不願相信這是事實。」

健太的內心，一定在苦惱和悲傷中受到反覆的煎熬吧，伸明輕輕地把側臉貼在健太巨大的背上。

「雖然這樣很對不起美月……」

但是至少健太能夠活下來，伸明是這麼想的。

「原諒我，伸明，我還說了另一個謊話。」

嘟嚕嚕、嘟嚕嚕……【收到簡訊：1則】。

【6／4星期五23：59　寄件者：本多奈津子　主旨：　本文：傳送「去死」的簡訊給我，然後收到確認服從的簡訊，一定很高興吧？很開心吧？我一直在等待傳簡訊給你的這一刻呢，這是懂得掌握時機的我才辦得到喔！時間已經到啦，恭喜你，健太，你沒能夠保護美月，就跟美月一起去死吧，拜拜。】

「奈津子這傢伙……嗯？『跟美月一起去死』是什麼意思？」

健太寬廣巨大的背部，開始顫動起來。

嘟嚕嚕嘟嚕嚕。

【6／4星期五23：59　寄件者：國王　主旨：國王遊戲　本文：因為沒有服從國王的命令，所以處以窒息死亡的懲罰。男生座號1號・赤松健太、女生座號8號・倉本綾、女生座號30號・桃木遙香、女生座號31號・雪村美月　END】

伸明看著手機螢幕，茫然得說不出話來。

「告訴我，伸明。美月會怎麼樣……她有受到懲罰嗎？簡訊上有沒有寫？」

「為什麼健太也要受罰！還有綾和遙香也是！」

此時的伸明慌亂不已，健太只好用更大的聲音再問他一次：

「美月有沒有受到懲罰，快告訴我啊！」

「在此之前，健太你先告訴我，為什麼你會受到懲罰？」

「……因為國王給我的命令是【要在大家面前自由下達命令】，所以我給自己下達【我要保護、拯救雪村美月的性命】的命令，意思就是美月死掉的話，我也會死。」

「怎、怎麼會？你不是說，你下的命令是【揭發奈津子的身分】嗎？」

「抱歉，我騙了你。」

「為什麼要說這種謊話！我不懂！」

「對不起。」

健太沒有說出口的真心話，其實是「我不希望增加伸明的困擾」。

「你從剛才到現在，一直在道歉……至少，轉過身來讓我看看你的臉吧。」

「抱歉，我沒臉見你。」

這時，伸明察覺到健太所說的話有些問題。

「你有收到【要保護美月】的國王簡訊嗎？就是國王會傳簡訊給大家，告訴全班說，你下達的命令是【赤松健太要保護雪村美月的性命】。」

「沒有收到。這有什麼關係嗎？」

「……不、沒什麼。」

伸明沒有說真話。他怕說出實話，又會讓健太更加傷心難過，這樣太殘酷了。

【要在大家面前自由下達命令】這道國王的命令，恐怕是有限制的，那就是不能下達命令給自己。必須下達命令給班上的其他人，這樣才有效。

所以，當初應該早點察覺到才對，因為當時並沒有收到健太所下的那道等同於國王命令的簡訊。

健太並不是因為沒有好好保護美月，而受到懲罰，他是因為沒有遵從國王的命令，遲遲沒有對別人下達命令，才會受到懲罰。

突然，健太的右腳一軟，巨大的身軀差點跌倒，他趕忙把腳踏穩，重新站好。

我才不會輸呢！感覺健太似乎在抗拒著什麼。

「我覺得，健太很了不起！因為，你拼了命要達成你和美月的約定，這可不是件簡單的事喔。」

「那才不重要呢。你快點告訴我，美月會不會受到懲罰啊！」

「美月她……會受到懲罰。」

「約定是嗎……拜託你，讓我和美月兩個人獨處吧。」

伸明點點頭，轉身打算離開這裡。可是就在此時，健太壯碩的身軀轟然仆倒在地。

「健太！」

「真是丟臉，居然被這點小事給擊倒……」

健太拼了命地在地上匍匐，想要爬到美月那裡，坐在美月的身邊。

他和美月之間還有大約一個人身高的距離。

「別過來，伸明！你還有事沒有完成對吧！而且，這點小事難不倒我的。」

伸明本來想協助健太，卻被健太拒絕了。

「總有一天心願會得到報償的。我一直都這麼……深信不疑……抱歉沒能幫上你的忙，伸明。」

健太一點點、一點點地往前爬行，想要縮短他和美月的距離。

和美月只差一步的距離了，健太伸長手臂，發出了嗚咽聲。

「……抱歉……我沒能遵守約定……」

只剩下最後幾公分，就在指尖即將觸及美月時，健太的手臂無力地垂落到地面，身軀趴在地上，再也動不了了。

「你給了我很大的鼓勵。真的，我從健太的身上，學會了好多事。」

伸明一滴眼淚也沒掉下來，而且也沒有別開視線。伸明凝視著眼前的光景，要把這個景象烙印在自己的腦海裡。

我不會忘了健太，絕對不會忘記。伸明在心中立誓。

健太的臉上充滿了遺憾，但是美月的表情卻充滿了幸福。

伸明把健太搬動到美月身旁，讓他也靠著路旁的護欄坐好，然後把這兩個表情完全相反的人並肩靠好，並且讓他們手牽著手。

「我再說一次，不要再說謊騙我了。智惠美直到最後一刻，都還在騙我。這樣的謊話，我已經受夠了。相較之下，我反而更喜歡那些用來傷害別人的謊話……健太，你這樣算是得到報償了嗎！」

寂靜的深山裡，伸明虛無的吶喊就這麼迴盪在夜空中。

【6月4日（星期五）晚間10點43分】

『聽說翼在勞災醫院的緊急醫療大樓。』

「謝謝。」

『啊、他的病房是207號房。』

遙香好不容易打聽到了翼的所在位置，還有目前的狀況。為了達成國王的命令，她趕往翼被送往急救的醫院。

她走在緊急醫療大樓的微暗走廊上，在門牌上寫著「207號　古澤翼」的病房前停下了腳步。緊急逃生梯出入口上方的綠色指引燈看來非常醒目。

她推開冰冷的鋁製側滑式房門，看到病房內有一張病床，翼就躺在上面。

房裡只有翼，沒有其他人。

為了不讓翼突然抓狂、發生危險，院方用許多條拘束帶把他綁在床上。

「噯。」遙香小聲地叫他，然後握住翼的手，這時她才發現——

翼已經死了。

「為什麼……為什麼會這樣、為什麼會這樣？」

遙香忍住即將奪眶而出的淚水，將翼的手按在自己的胸部，就像翼在觸摸她一般。

「對不起。」

接著，遙香按下護士鈴的按鈕。可是，她不想要被其他人看到，因為對自己剛才的行為感到羞愧，所以遙香隨即逃離了醫院。
在回家的路上，遙香無力地走著，她拿出手機，打電話給某人。
『怎麼樣了？』
「翼已經死了，可是，我還是讓他摸到了。」
『那就沒問題了！放心吧。』
「我真是太差勁了。翼都死了，我卻什麼也辦不到，只能趕緊逃出醫院。」
『不要這麼說！不過，這樣就好，這麼一來，遙香就得救了。』
「……太好了，真的很謝謝妳。」遙香的眼眶中有熱淚在打轉。
回到自己家的房間後，遙香收到了23點55分的簡訊，一看到簡訊，她驚愕地大叫出聲。
「騙人！明明說我可以得救的啊……」
剛才聽到「放心吧」這句話時，她還鬆了一口氣，沒想到在23點55分收到簡訊，得知自己沒有遵從國王的命令，還要因此而受到懲罰。
原本的安心，在一瞬之間轉變為無底的絕望。

【6月4日（星期五）晚間11點45分】

電視畫面釋放出青白色的光芒，綾蹲坐在微暗的房間角落裡，懷裡抱著出生才半年的迷你臘腸狗，小狗的名字叫巧克力。

電視機傳來陣陣的笑聲和歌聲。

「我最重要的東西就是你，對吧，巧克力。」

綾用手指搔搔巧克力的下巴，巧克力用濕潤的眼眸看著綾，發出可愛的嗚咽聲。

「要我殺了巧克力，怎麼可能辦得到嘛！」

綾呆坐著，無神地凝視著電視畫面。

「伸明那傢伙，傳簡訊跟我說【最重要的東西就是我的命】，可是之後就音訊全無，打電話給他，也沒有回音，一直保持沉默……真是差勁透了。」

因為還有很多事想問他，所以才關掉拒絕接收的功能，還以為這樣可以聯絡上他呢。

要失去最重要的東西，就是要殺死最重要的人。

綾皺起了眉頭。

爸爸和媽媽都不能殺，因為他們是生我養我的人。

所以，要殺死我喜歡的人才行。反正他也差不多快死了，殺死他應該可以吧。

雖然他不是男朋友，可是，是我喜歡的人呀，這樣應該就算是最重要的人吧。

2個小時前，綾查出了翼的病況和所在位置，趕忙跑到收容翼的醫院去。

她走在緊急醫療大樓的微暗走廊上，在門牌上寫著「207號　古澤翼」的病房前，綾停下了腳步。

綾推開冰冷的鋁製側滑式房門，看到翼的姊姊坐在病床旁的椅子上，正在照顧著翼。

姊姊好像在守護著最寶貴的東西一般，一直緊緊握住翼的手。

她的眼角餘光掃到了剛走入病房的綾，直覺地喊道：

「……是誰？」

沒有化妝的綾，雙眼下方冒出黑眼圈，一眼就看得出來，現在的她相當疲憊。

不光是肉體，就連精神也處於疲憊狀態。

「您是翼的姊姊嗎？請您稍微休息一下吧，我來照顧翼就好。」

「妳是？」

「我叫倉本綾，是……翼的……女朋友。」

「原來翼有女朋友啊，我都不知道。翼怎麼都不跟我說呢。」

「姊姊，妳去休息吧。今天晚上，我會負責照顧翼的。」

「那麼，就拜託妳一下囉。妳叫綾是吧？謝謝妳。」

「不客氣……」

「這麼可愛又溫柔的女朋友來看你了耶，翼，真是太好了。」

翼的姊姊流著眼淚，用帶有鼻音的聲音這麼說道，隨即走出了病房。

不知道是因為熟睡，還是被醫生麻醉，阻斷了意識，躺在床上的翼一動也不動。

「請你變成我最重要的人吧。」

綾確認翼的姊姊離開病房後，才關掉人工呼吸器的開關，用力掐死了翼，然後離開了醫院。

從醫院回來之後，綾坐在房間的床上，沒有把燈打開。房間裡一片凌亂，因為所有的東西都被綾親手打壞了。

這麼做，全都是為了要「失去最重要的東西」。

音樂節目結束了，電視上傳來女記者播報新聞的聲音。

對不起，翼！我真的很掙扎，因為我沒辦法殺死巧克力。我敢動手殺人，卻不敢殺狗，這樣的我，究竟是什麼樣的人呢？我還能算是人嗎？

我拼了命想要找出我最重要的東西，可是我找不到。後來雖然找到了，可是，那卻是我無論如何都不能失去的東西。

話說回來，奈津子，為什麼我還是沒收到【確認服從】的簡訊呢？我在找【最重要的東西】時，真的好痛苦啊！

「對我來說最重要的東西，究竟是什麼呢？」

綾忽然覺得痛苦襲來，難以忍受，她搔抓著自己的脖子，在地板上翻滾著。口水從她的口中滴落，呼吸越來越急促。

承受著痛苦的綾，瞄到電視畫面，看見記者正用非常嚴肅的語氣播報新聞。

「……集體自殺……那個校門……是我們……學校……我……」

口中吐出白沫之後，綾的呼吸就這麼停止了。

電視畫面依舊發出青白色的光芒，照亮綾的臉。巧克力則是跑上前來，舔著綾的臉頰。

【死亡12人、剩餘11人】

命令3

裡。

【6月5日（星期六）午夜0點5分】

用嘴巴呼氣，吹暖僵硬無力的雙手之後，伸明把健太和美月的手機都收進了自己的口袋裡。

「眼淚是要在高興的時候流的，這是健太告訴我的。我的眼淚，就保留到那個時刻吧。」

——即使朋友死了，也感受不到椎心蝕骨的悲傷。大概是看過太多朋友死去，已經習慣了的緣故吧？伸明覺得，這樣一個已經對死亡漠然的自己，其實相當可怕。

這時，健太的手機突然響了起來，螢幕上顯示著【來電　本多奈津子】。

「妳早就知道健太已經死了吧！為什麼還要打電話來！妳還有臉打電話來！」

盛怒中的伸明，很想接起電話表達自己的憤怒，可是，他沒有接這通電話。幾秒之後，健太的手機再度響起，這次螢幕上顯示著【來電　金澤伸明】。

「我的手機？」伸明楞了一會兒，才喃喃說道：「原來是這麼回事……」

大概是奈津子打來的吧。伸明知道絕不能中了她的挑撥之計，等心情平靜下來之後，才接起電話。

「喂。」

『健太和美月還活著嗎？』

「妳想說的只有這些嗎？」

『呵呵，遙香和綾都被我耍得團團轉，笑死我了！欺騙同學真是太過癮啦。遙香還很高興地說什麼「太好了！我得救了」，卻還是死路一條，白高興了一場。至於綾，則是一直煩惱到最後，沒想到，她真的把翼殺死了呢。』

「妳想說的只有這些嗎？」

『下一個就輪到伸明囉。下一個命令是玩遊戲呢。你就死在這個遊戲裡吧，我想說的只有這句話。』

奈津子大笑著，掛掉了電話。這時，輝晃在一旁看著奈津子的一舉一動。輝晃和奈津子才剛剛結束性行為而已。

「伸明的命，就握在我的手裡。他再怎麼逃，也逃不過這一劫啦，下一次就要解決他。」

「難道妳是……」輝晃不由得脫口而出。

「你說什麼？」

「不、沒什麼。」

伸明拖著沉重的腳步，眼神中充斥著冷酷和憤怒，一步一步地走著。

健太和美月的手機，並沒有接收到國王的下一個命令簡訊。因為他們兩人已經死了，從國王遊戲中解脫了。不過，在兩人的手機裡，都出現了內容僅有一個字的未傳送簡訊。

健太的手機響起，螢幕上顯示著【來電　永田輝晃】。

他趕緊接起電話，輝晃等不及似地馬上開口：

『奈津子打算要殺死你！不僅如此，我覺得她想要把全班同學都殺死！我恐怕也難逃一死！那傢伙真的瘋了。』

聽到這句話，伸明緊咬下唇。可是，他也很開心，終於找到願意和他站在同一陣線的人了。

『你說該怎麼辦才好？我真的不知道該怎麼辦啊！』

「你現在和奈津子在一起嗎？」

『是在一起，不過我是一個人躲到廁所來打電話的，你放心。』

「有件事我想拜託你，你能不能把奈津子的手機弄壞？」

這等於是強迫奈津子中途棄權，走上和美月一樣的結局。

『弄壞？……弄壞了會怎麼樣？』

「……」

『會怎麼樣啊！』

「手機壞了的人就會死。」

『你要我殺人，我辦不到啊！想也知道這是不可能的事嘛！』

「只是要你弄壞手機罷了。」

伸明用冷冷的語氣回答：

『原、原來是這麼回事啊。我總算明白為什麼奈津子要弄壞伸明的手機了。』

「她打算弄壞我的手機？」

『嗯，可是她又說「好戲要留在後頭」，所以暫時還沒弄壞手機。原來她是想要害死伸明啊！』

「還說什麼『你就死在這個遊戲裡吧』，真是把人看扁了！」

這時，輝晃身後傳來用力的敲門聲，還聽到奈津子在門的另一邊大叫。

『你在打電話給誰！打給伸明對不對？』

『被奈津子發現啦！』

「把我的手機搶回來，然後把奈津子的手機弄壞！拜託你！」

『搶回伸明的手……喂！不要硬闖進來啊，住手！』

『我全聽到啦，你想背叛我嗎！』

『妳幹什麼，快出去！』

隔著手機，伸明聽到那一頭的兩人正在起爭執。輝晃和奈津子好像在搶奪什麼。

『不要這樣！把手機還給我！』

『你就耐心地等著看好戲吧，伸明！』

『我一定會再打給你的！我會跟班上同學說明這一切！不然，伸明就會被……』

「先別管那些，快告訴我這次的命令內容是什麼！」

輝晃還沒說完，電話就被掛斷了。即使回撥也沒人接聽。

「混帳！」

伸明又打電話給班上其他幾個同學，可是都沒人接聽。

「不光是我，連健太和美月都被抹黑成壞人了！」

健太和美月的手機號碼，也被班上同學設定成拒絕接收來電的狀態了。

即使是空穴來風、毫無根據的謠言，這些同學也囫圇吞棗似地照單全收，簡簡單單幾句話，就把他們騙得團團轉。

「你們認識健太和美月的時間，比認識我更久吧。可是，你們的友情，這麼經不起考驗嗎！當同學這麼久，你們還不了解健太的為人嗎！我……」

伸明已經不知該如何表達心中的憤怒了。

他沉默地低著頭，說不出話來。這時，健太的手機再度響起，螢幕上顯示著【來電　松本里緒菜】。

雖然心中抱著疑惑，伸明還是接起了電話。

「喂？」

沒人回答。

「喂，里緒菜？」

『你果然和他們在一起，被奈津子說中了。我有話想要當面問你，你可不可以來我家一趟？』

「不能在電話上講嗎？」

『不行，我不要。』

「……我現在沒辦法立刻趕過去，下午2點左右到，這樣可以嗎？」

『下午2點左右？那就盡快過來吧。』

「我知道。里緒菜，我不知道今天收到的命令內容，妳能告訴我嗎？」

『我又沒有義務要告訴你。還有啊，不要直呼我『里緒菜』，我跟你沒那麼熟，請你稱呼我『里緒菜同學』！總之，等你到了再打電話給我，要掛囉。』

「什麼義務不義務的……等一下！妳不明白事情的嚴重……」

『你只要照里緒菜說的去做就行了！明白嗎？』

對方擅自掛掉了電話，伸明不禁用力握緊手機。

現在就算馬上趕回車站，也沒有電車可以搭。於是伸明再一次返回夜鳴村，打算確認筆記本的內容。

「輝晃，你絕對不能讓奈津子毀了我的手機！我現在還不能死啊！」

【6月5日（星期六）凌晨1點45分】

伸明又回到村民集會所，從過去被他打破的窗戶爬入屋內。在宴會廳裡，並排著三個長條形的矮桌。

腐朽的榻榻米上，有無數個大小不一的足跡，這幅光景就和7個月前一模一樣。

「是我、莉愛和香織的足跡……還有一對更大的足跡……？是誰的？」

伸明直接走向那個房間，可是，卻在房門口停下了腳步。

他想起了莉愛和香織，還有當時在這裡發生的事。

當時在這裡被香織打昏，綁在桌腳；香織也是在這個房間裡……死去。之後，莉愛趕到了這裡。

當時和莉愛發生了嚴重的爭執，一想到這個，伸明就覺得悔恨不已。

現在不是浸淫在感傷中的時刻。伸明甩了甩頭，在房間裡四處搜尋那本封面上寫著【關於怪異事件的記錄】的筆記本。

「找到了……」

就和7個月前一樣，放在同一個抽屜裡，而且是被人細心地正擺著。

伸明不禁苦笑地哼了一聲，然後翻開筆記本。

【概要】

1977年8月20日22點53分記錄。

我的生命，因為無視於命令，再過1個小時就要終結了吧。但是我絕對不服從這樣的命令。所以，我決定結束自己的生命。最後，為了後世的人們，我要把這怪異事件的概要寫下來。

1977年8月8日，寄來了一封沒有註明寄件人的黑色信封，打開信封確認內容，裡面只放了一張紙，寫著某種命令。凡是沒有服從命令的人，都一個接著一個離奇死亡。

一切都從這裡開始。

8月9日，最初的犧牲者，神田大輝、梅田靜世，上吊死亡。

8月10日，齋藤高志、武田幸子、富長美智子，早上發現死在自宅，身體已經被分屍肢解。我們趕緊通報警方，向警察說明一切。告訴警察，這死去的5人，是因為沒有服從信封內的命令，才會離奇死去。

可是，警方完全不採信這樣的說法。警方認定，這是連續殺人犯所犯下的案件。警方要求村民盡快離開此處避難，並且說，警方一定會盡快找到兇手。

原本是個和平的村子，都是和藹可親的村民，現在卻變成了地獄。

近藤雄一和近藤美千代打算離開村子，結果卻一樣，遭到懲罰而死亡。這真是一場惡夢。

而且，那些死去的人，身旁都會留下一個文字。但是文字代表著什麼意義，卻沒有人能解釋。

警察考慮到事件的嚴重性，將全村管制包圍起來。可是，就在警察面前，工藤妙卻突然心臟麻痺死亡。之後，中村久子的頸部也被砍斷。明明沒有人下手啊。

可是就在大家面前，她發出慘叫聲後，頭部就瞬間落地了。

從這一刻起，警方也改變了態度，認為連續殺人犯不可能辦到這種事。這時，又收到了「做出遊戲中不必要的行為者」的命令，這道命令，導致村民接連死亡。

不知為什麼而死去，這樣的狀況一直持續著，無法遏止。

這道命令之後，活著的村民只剩下我、三上文子、丸岡修平，以及平野道子4個人。

現在，我的生命也只剩下不到20分鐘了。

我的死期已經開始倒數。我好害怕……我害怕死亡，正在書寫中的手，也不斷地顫抖。

可是，我絕不服從這道命令，因為我絕對不要殺人。所以我把剩下的時間用來記錄這起事件，傳達給後世。

有許多警察和學者為了解決這個事件，來到我們村子訪查。這些學者的見解，將記錄在下一頁。

＊　＊

「危險、死亡、骯髒」是人類感官能夠瞬間判斷的狀況。這種與生俱來的感官，被稱作「直覺的感官」或是「本能知覺」。

這樣的本能知覺，是人類為了保護自身安全、維繫自我健康，所不可或缺的。

人類一旦感受到危險，就會想要保護自己；一旦吃到腐臭的東西，就會直覺地吐出來，避免傷害健康。

痛覺也是為了保護身體而存在的感官之一。

攀登到高處時，雙腿就會發麻，這是人的感官為了閃避危機而產生的自然反應，有時會與人的意志背道而馳。

閃避危機是人體的本能，人類是不可能把本能剔除在身體之外的。

愛與恨也一樣，想要把「愛」與「恨」強迫排除在本能之外，也是不可能的。

詹姆士—朗格情緒理論表示，人們既有的觀念是「看到恐怖的東西就想逃跑，結果產生了恐懼這樣的情緒」。

人是因為悲傷而哭泣？還是因為哭泣而悲傷？我們理所當然地認為「人是因為悲傷而哭泣」，可是，詹姆士—朗格情緒理論卻認為「人是因為哭泣，才會產生悲傷的情緒」。

意思就是說，在人的感情和情緒產生之前，身體已經先有了變化。

這個理論爭議，最後是由坎農—巴德情緒理論劃下休止符。

因為從解剖學的角度來看，人類的感官接收器接收到外界情報後，會經過腦部的下視丘，同時引發人的情緒和身體的反應。

隨著人類越來越瞭解腦部的運作方式，學者得知，會引發情感的產生與變化的，並不是只有下視丘而已，也包括了大腦皮質，才能達成這樣的調節機能。

班格爾・普頓曾提出理論說「意識在某種條件下，能夠互相溝通」，又說「在瀕死之際、臨死之前，人體會產生令人驚異的反應」。

可是，這個理論缺乏可信度。

這次的事件，是非現實、不符合科學理論的，但是卻真的發生了。無法逃離的恐怖，引出了更多的恐怖。

我們為了臨床證明確認，對某位少女的遺體進行病理解剖，希望得到確切的證明。根據現階段的瞭解，然後將所有的見解總括起來，我們預測，讓這個事件結束的方法是×××××××××××××××××××。

這是××××××××××××××××，雖然有可能做到，但是，倘若真有人照這樣去做，那麼這個人必定是披著人皮的惡魔。

病理解剖之後，將再度記錄相關資料。

＊　＊

在我之後閱讀這本筆記本的人，很抱歉，我已經把重點部分塗銷了。因為我認為我所塗銷的文字，不是任何人應當看到的。

伸明拜託我，要把這本筆記本拿給直也看，可是我辦不到。因為我知道，直也要是看到了這段文字，必定會煩惱、甚至陷入瘋狂。所以，我拒絕把筆記本交給直也。

希望你能瞭解，有些事情不知道比較好。在不知道的情況下死去，反而比較輕鬆。

下一個閱讀這本筆記本的人會是誰呢？是班上的哪個同學嗎？你如果能夠自己發現終結國王遊戲的方法，那麼，我沒有任何異議。

我其實並不想知道這樣的事實真相。假如，伸明能夠活下去，知道這個方法，他說不定真的會付諸實行。伸明，如果是你，一定可以……

可是，再過幾分鐘，你就要接受懲罰死去了。

我只希望，實行這個方法的人，是和我毫不相干的人。我寧可看著所有同學死去，也不願意把這本筆記本上寫的事情，告訴班上任何一位同學。

然後，我也會壯烈地死去。

能夠終結國王遊戲的人，絕對不是人。

不過，說不定哪一天有人會想到同樣的方法，並且付諸實行。

岩村莉愛

「莉愛，為什麼妳當時不跟我說呢……還有妳不肯把筆記本交給直也的理由也是！只說一句『不要』怎麼行呢！至少要告訴我理由啊！」

莉愛的確和一般的女孩子不太一樣。

從外表上根本看不出她內心在想些什麼，可是，其實她的心裡還是有一股溫柔，只是她從來不說出口罷了。

連溫柔的方式都和一般人不同。

沒有表情的女孩，只是比較笨拙而已；沒有情感的女孩，只是不懂得如何表達而已，莉愛本身並沒有錯。

伸明想忍住即將溢出的眼淚，可是他忍不住。

然而，他流出的眼淚並不是因為悲嘆，而是因為喜悅。滴落的淚水打在筆記本上，將文字的墨水給暈開了。

『眼淚不是在悲傷的時候流的，而是要在高興的時候流的。』

他想起健太以前跟他說過的話。這是健太曾經活著的證明……伸明把健太的這句話，寫在筆記本的最後面。

「我無論如何都要終結國王遊戲！就算要我拋棄人性、變成惡魔，我也要找出那個方法，達成目標！」

無論要做出多麼殘酷的事。

伸明在內心如此發誓，然後將筆記本塞在後腰帶上，離開了夜鳴村。

從夜鳴村返家的路上，伸明坐著搖晃的電車，看著山景從車窗旁流逝而過。

他的視線轉回車內，突然感到一陣寂寞。去夜鳴村時，他的身旁坐著健太，前面坐著美月，現在卻都不在這裡了。

有一對穿著制服的高中生，走到伸明的座位前，跟他打招呼。

「前面的位子……可以坐嗎？」

「啊、請坐。」

那對情侶坐在伸明前方，感情融洽地手牽著手，嘰嘰喳喳地開心聊天。說老實話，伸明其實並不希望他們坐在面前。

輝晃並沒有再打電話來。雖然坐在電車裡，但是伸明好幾次拿出手機打電話給輝晃，卻一直處於沒有訊號的狀態，無法接通。

——輝晃有沒有從奈津子那裡搶回我的手機呢？還是，我的手機已經被弄壞了？現在更令他擔心的，是輝晃的安危。伸明越想越焦躁。

他拿出從夜鳴村帶回的筆記本，用手指劃過上頭的字跡，再次仔細地閱讀。

伸明反覆看了3遍，看到第4遍時，終於疲累地閉上了眼睛。

大概是累壞了吧，筆記本從他的膝頭落到地板上，伸明就這麼沉沉睡去。

【6月5日（星期六）下午1點45分】

一抵達當地的車站，伸明便趕往輝晃的家。

在玄關處按下對講機的按鈕，沒人應門。他又大聲地呼喊輝晃的名字，家裡還是沒人回應。沒辦法，只好直接去里緒菜的家了。下午2點15分左右，伸明走到了里緒菜家門口，按下對講機按鈕，沒多久，里緒菜就來接聽了。

「抱歉，遲到了。我現在在玄關前面。」

『讓我等好久喔，你以為現在幾點了！真是的，不要讓我等這麼久嘛！』

對講機那頭擅自切斷了通話。然而，過了5分鐘、10分鐘，里緒菜始終沒有出來開門。

伸明等得慌了，正想再一次按對講機時，玄關的門打開了，里緒菜慌慌張張地從屋內跑了出來。

「走吧！」

她強迫式地勾起伸明的手臂，把他帶離家門口。

「不能在這裡說嗎！」

「里緒菜不希望媽媽會錯意。」

走到了離家不遠處的自動販賣機前，里緒菜停下了腳步。

「奈津子體驗過這種國王遊戲。」

「真的假的！不是奈津子的父母親嗎！」

「噯！你跟別人問話要有禮貌，不然我可不回答喔！」

「喔、抱歉！」

「哼！看在你坦率道歉的份上，我就原諒你吧，不過以後要注意喔。就如同我剛才說的，奈津子自己曾經體驗過這種國王遊戲。」

「我也……呃……不會吧，真是難以想像……」

「你怎麼一個人嘰哩咕嚕地說個沒完啊，有夠討厭。」

伸明藉由里緒菜透露的情報，開始在腦海中假設。

就在伸明過去經歷國王遊戲的同一時期，等等，也可能不是同一時期，在別的地方，也曾經發生過國王遊戲事件。所以說，被捲入國王遊戲的，並不是只有伸明他們那一班而已。

這麼說來，奈美以前也跟他提過，她在網路上搜尋，曾經發現相關資料，好像別的學校也有發生類似事件。

那麼，另一場國王遊戲的倖存者，就是奈津子了。這麼一來，過去進行過的國王遊戲，就有2個人存活了下來。

既然奈津子經歷過國王遊戲，那麼，她當然知道這個遊戲的進行過程。而且，她也應該知道最後一道命令是——要活下來繼續國王遊戲，還是要選擇死亡……

「噯！你怎麼突然不說話啊？快回答里緒菜的問題啊。」

「什麼？」

「里緒菜聽說你也曾經體驗過國王遊戲，這是真的嗎？」
「是真的。……奈津子她……該不會是……轉學生吧？」
「是啊，她是轉學來的。」
聽到里緒菜的回答，伸明渾身起了雞皮疙瘩。他靜靜地閉上了自己的眼睛和嘴巴。
在夜鳴村找到的筆記本裡頭記載的內容，還有奈津子曾經體驗過國王遊戲這個事實，這兩件事，在伸明的腦海中連結在一起。
想到就覺得恐怖，而且似乎會因此衍生出更恐怖的結論。
「你怎麼臉色發青啊，沒事吧？」
伸明一面顫抖著，一面自言自語道：
「答案……很難是嗎？真是諷刺啊，莉愛。」
「莉愛是誰？我的名字是里緒菜耶，有沒有搞錯啊？」
「沒想到，班上還有別人體驗過，這實在是太……哈哈哈哈！」
「噯～你有沒有在聽啊！還是你的腦筋壞掉了？不要不理我啊！」
不理會里緒菜的發言，伸明獨自狂笑了起來。里緒菜不悅地甩了一下頭髮，朝伸明臉上揮了一巴掌。
伸明瞇起眼睛瞪著里緒菜，然後用手摸著被打得紅腫的臉頰。
「你的表情怎麼變得那麼恐怖？是伸明你不聽我說話的耶！喂！你要去哪裡？」
「我要去做個了斷。」

「就跟你說等一下嘛！我話還沒說完呢。」

「放手！」

里緒菜伸手抓住伸明的手臂，伸明卻出乎意料地反身朝她大吼：

「叫妳放手！沒聽到啊！」

「……對不起……」

「里緒菜，手機借我一下！」

里緒菜雖然猶豫，不過還是把手機交給伸明。伸明打開通訊錄找到電話，打給奈津子。

「喂？」

『哎呀，是伸明啊？早啊！』

「妳人在哪裡？」

『嗄？現在？你要我告訴你嗎？』

「快告訴我。」

『就在伸明你的背後啊，你回頭看看。』

伸明當場轉頭一看，奈津子真的就站在那裡。而奈津子的身後，則是躲躲藏藏又不知所措的輝晃。

伸明不禁懷疑，是里緒菜和奈津子串通好了，要約在這裡見面。他惡狠狠地瞪著里緒菜。

「跟里緒菜無關喔！這是偶然吧？」

里緒菜的臉上掛著驚訝的表情，趕緊撇清。

「算了！這樣剛好，省得我去找妳。奈津子，我有話要跟妳說，能不能私下談？」

「好啊，我很期待呢。」

伸明走向奈津子，可是，當他靠近時，腳步一個踉蹌，向前多跨了2、3步，差點站不穩。

他趁機把身子靠向輝晃，用奈津子聽不到的音量小聲地說：

「你沒事真是太好了。我的手機呢？」

「抱歉……」

「你是故意跌倒的嗎？」奈津子瞪著伸明的臉。

伸明把夜鳴村帶來的筆記本，偷偷塞進輝晃牛仔褲後面的口袋。接著，他拉著奈津子的手，快速將她帶離輝晃身邊。

兩人無言地走了好一會兒。來到跨越池塘的拱橋上之後，伸明和奈津子彼此凝視著對方。

綠色而渾濁的池塘水面，在強烈日光的照耀下，發出金色的美麗波光，照得讓人眼睛幾乎睜不開來。

伸明呼了一口氣，才開口說道：

「妳以前也體驗過國王遊戲嗎？」

「那又如何？」

奈津子不屑地用鼻息哼了一聲。此時豔陽正照在他們兩人身上。

「所有的人都死了嗎？」

「全都傻傻地送死啦。」

「妳有沒有收到命令，要妳親手殺死誰？」

「有啊，我也照做了。」

「妳有沒有收到命令，要妳選擇繼續參加國王遊戲，或者接受懲罰？」

「有啊。」

「妳選擇哪一邊？」

「當然是不要受罰啊。」

「在此之後，妳還有收到國王的簡訊吧。簡訊上寫了什麼？我當時收到的簡訊是【將你們全部三十一個人的性命奉獻犧牲，藉以換取本多奈津子的復活。】」

「我才不告訴你……」

「曾經體驗過國王遊戲的，除了妳之外，還有妳的父母嗎？那麼，智惠美……」

「他們在這裡，找到啦！」

突然，有個女生的叫聲打斷了他們的對話。是愛美的聲音。伸明回頭一看，還活著的同學們都已經集合起來了。人群中也有里緒菜和輝晃。

奈津子喊道：「這麼慢，快點！」一面向大家招手，一面小聲地對著伸明說：「我們開始吧。」然後笑了起來。

「我早料到會這樣了。」

因為伸明按了里緒菜家的對講機，對方卻遲遲不開門，顯然是在拖時間。應該是趁著這段時間通知奈津子趕來吧。
之後，奈津子偽裝成偶然出現在那裡，其實，她早就知道，伸明會到里緒菜她家了。
這一切都是預先策劃好的行動。伸明若是完全不起疑，那才奇怪呢。
最後，班上倖存的同學同時集合在這裡，只是再次證明一切都是計謀。
奈津子，妳到底想要做什麼？
里緒菜也被妳拉攏了嗎？
……至少他們都很配合妳的計畫。
伸明把視線投向輝晃，輝晃露出笑容對著他，好像是在暗示說：沒問題的。
他把視線移回奈津子身上。
「事情不會如妳所願的。」
輝晃獨自走出人群，迎向伸明，手上拿著伸明塞給他的筆記本。
來到拱橋前，走到距離伸明只有2、3公尺的地方，輝晃停下了腳步。
「不要在橋上，還是選空曠一點的地方比較好吧。伸明，過來這邊吧。」
輝晃指著旁邊的一大塊綠色草坪說道。伸明點頭同意，往輝晃指的方向走去，奈津子也跟在後面。
大夥全聚集在草坪上，圍成一個圓圈。輝晃第一個開口說話了：
「奈津子，不要再吵了好嗎？現在不是吵架的時候。」
「輝晃，你乖乖聽我的話就對了。你應該知道，跟我作對會有什麼下場吧？」

「這就是妳的回答嗎……」

個頭瘦小的遼，身穿米白色套頭襯衫，戴著眼鏡的他，刻意把頭上的鴨舌帽壓低，藉此掩飾自己臉上的表情。遼往前跨出一步，開口說道：

「我清楚地記得那天伸明在公園裡說的話，我可以理解他當時的心情。雖然大家的意見還是很分歧，可是，我希望能給伸明加油打氣。」

「怎麼突然來這套？遼，你要站在伸明那邊嗎？你要選那種人嗎？」

輝晃斜眼看著一臉怒火的奈津子說道：

「不要再說了，這件事由大家決定，讓大家做選擇。誰把命令拿給伸明看吧。」

「你看吧。」

里緒菜打開手機，把這次命令的簡訊拿給伸明看。

【6／5星期六00：00　寄件者：國王　主旨：國王遊戲　本文：這是你們全班同學一起進行的國王遊戲。國王的命令絕對要在24小時內達成。※不允許中途棄權。＊命令3：全班同學按照座號順序，切下自己的手指，折斷也行，然後送給班上的同學。要給幾根手指可自由決定。切斷右手指，每根以正1分計算；切斷左手指，每根以負1分計算。可以同時分送給不同的人。如果右手指全部送給同一個人，收到的人可以加5分。不過，此人若再收到別人送的5根左手指，就會抵銷變成0分。得分為負的人，將要接受懲罰。※可以送給自己，也可以跳過　END】

【6月5日（星期六）下午3點7分】

按照座號順序來排，依序為勝利、伸明、優奈、拓哉、遼、輝晃、奈津子、彩、里緒菜、理奈和愛美。

後半部都是女生。

被認為和奈津子串通的里緒菜，排在倒數第3個。最後一個則是奈津子的死黨愛美。

就算玩到最後，大家都是正負抵銷，但是只要愛美切下一根負分的左手手指，交給任何一位同學，那個人就一定要受罰。不過，假使大家都一致希望唯一一個拿到負分的人受罰的話，那麼，所有的人都可以選擇「跳過」，如此一來，只有一人會受罰，其他人就都能逃過一劫了。

『不要再吵了好嗎？現在不是吵架的時候。』

輝晃之所以這麼說，就是因為這個緣故。

這件事必須由大家來決定，由大家一起做選擇。

如果全部的人都選擇跳過，這場遊戲就能輕鬆結束的話，那倒還好，只是……

伸明還在閉目思考的時候，勝利已經率先發聲了。

「跳過。」

勝利沒有前兆、毫不猶豫地脫口說出「跳過」時，讓伸明為之一驚。

「下一個輪到伸明了。」

「啊、是啊。我……」

伸明遲遲無法下定決心，不知該如何是好。遼在他背後輕輕拍了拍。

個頭矮小、身形細瘦的遼，看起來就像個女孩子。

遼把鴨舌帽壓得很低，帽簷下那對眼睛透露著堅定的目光。

「請你一定要相信我們。伸明，跳過吧，拜託你了。」

「跳過。」

伸明跳過了。正確來說，是遼那對堅定、不欺瞞的眼神要他這麼做的。

「謝謝。接下來會發生什麼事，請你安靜地看就行了。」

遼的聲音又輕又柔，散發著溫暖的氣息，他輕輕握住伸明的手。

排在第3的優奈選擇跳過。第4的拓哉和第5的遼也一樣跳過。

接下來只剩輝晃、奈津子、彩、里緒菜、理奈，還有愛美6個人。

空氣中瀰漫著一股安靜祥和的氛圍。

剛開始的時候，大家都預料這會是一場血腥的斷指場面。可是，事實上卻完全不是那樣。

現場非常平靜馴和，寧靜得彷彿可以聽到潺潺的流水聲。

下一個輪到排在第6的輝晃。

「我想離開一下，馬上就回來。」

「都這個時候了，你要去哪裡？」

伸明想走近輝晃，卻被遼緊緊抓住。

「不要動。」

這時候，輝晃已經跑開了。

奈津子和愛美兩人開始竊竊私語。

幾分鐘之後，輝晃回來了，手上還拿著一把剪刀和一條大毛巾。

「你拿那把剪刀來要做什麼？該不會是要剪手指用的吧！」

伸明大喊，想要阻止輝晃。輝晃沒有回答，只是不發一語地朝他走過去。

「回答我！快丟掉！不要做傻事啊！」

「請你坐在那顆石頭上好嗎！」

「都這個時候了，你還在說什麼傻話！快回答我的問題！」

「你別誤會！這把剪刀怎麼可能剪得斷手指頭呢！根本剪不斷吧！拜託，你先坐下來好嗎！」

伸明被輝晃的氣勢壓倒了。

「伸明，我求你，聽輝晃的話吧。」遼放開伸明的手，轉而朝他的背後推了一把。伸明不再爭辯，找了一顆還不小的石頭乖乖地坐下。

「這樣可以了嗎？」

輝晃走到伸明背後，然後將那條大毛巾繞在伸明脖子上，把他的頭髮撩開。

「你最近有剪頭髮嗎？」

「……沒有。」

「我看也是。這麼一來，會糟蹋了你這張俊秀的臉喔。我不會害你的，請讓我幫你剪頭髮好嗎？」

「這時候剪頭髮？」

「我一直希望將來當一名美髮師，那是我的夢想。本來我還打算高中畢業後，就進入美容學校就讀呢。」

伸明緊咬著嘴唇，點頭同意輝晃的提議。

輝晃的眼神瞬間亮了起來，心情似乎頗為愉快地幫伸明剪頭髮。

看到這樣的輝晃，伸明不知為何感到無限懊悔。

希望他能一直活下去。我不要輝晃死，我想看著他實現夢想。

伸明的眼眶盈滿熱淚。

他隱約猜出輝晃的意圖，用顫抖的聲音說道：

「你該不會……剪完我的頭髮之後，就要弄斷自己的手指吧？」

「不要亂動！這樣我怎麼剪頭髮。再一下子就好了。你不要瞎猜好不好，要是我折斷手指的話，將來不就當不成美髮師了嗎！」

「你騙人！」

「你就不能體諒我嗎！我希望能在最後好好地剪一次頭髮！」

「求你再好好想清楚吧！」

「好，剪好了……謝謝你，伸明。」

下一秒，輝晃突然痛苦地扭曲起來，嘴裡還發出淒厲的哀嚎。

「哇啊啊啊啊啊啊啊啊！」

伸明聽得很清楚，那聲音非常銳利清晰，卻又令人毛骨悚然。

輝晃折斷了自己的右手食指。

那聲音聽起來就像是有人踩斷地上的枯樹枝一般，不、聲音沒有那麼清脆。

輝晃的食指向後反折。一般正常的狀況下，手指是不可能彎成那個角度的。

只見他趴在地上痛苦掙扎著，景象驚悚駭人。

「可惡——！痛死我啦——！痛死啦、好痛啦！」

一旁的伸明也感覺到失去手指的痛楚，不自覺地握著自己的食指。

「你在做什麼傻事……你在做什麼啊……」

「新髮型……你還喜歡嗎？很帥氣呢，伸明！謝謝你讓我幫你剪頭髮！」

「我很喜歡！該說謝謝的人是我啊！謝謝你！」

伸明沒有遺漏掉輝晃臉上閃過的一絲微笑。

「不要再折你的手指了！再折一次的話，你就真的再也無法握剪刀了。這樣將來怎麼當美髮師呢？」

輝晃躺在草坪上，身體因為痛苦而蜷曲。他小心翼翼地用左手包覆著拗彎的食指。

雖然真的很痛，不過輝晃一臉認真地凝視著朝他走近的伸明。

「你冷靜地聽我說，伸明。骨折的話，一段時間過後就會復原，剛開始折的時候的確痛不欲生，但是現在已經沒那麼痛了，只是表情比較誇張而已。」

輝晃用小到連伸明都快聽不見的聲音喃喃地說道。

「……？」

「哇啊啊啊啊啊！好痛啊！我打手機給你之後，奈津子把我的手機搶了過去。她威脅我『要是不把手機交出來，就要打壞伸明的手機』。所以我只好聽從她的話。」

奈津子剛才確實曾對輝晃說『輝晃，你乖乖聽我的話就對了。你應該知道，跟我作對會有什麼下場吧？』

「那個傢伙……」

「我會把手機從奈津子那裡搶回來。我要讓她知道，用威脅的手段是無法讓人信服的。」

輝晃一派輕鬆地說。事實上他一定很痛，不過還是咬牙硬撐。

手指折斷的部位腫脹不堪，而且顏色也變成黑紫色。

恐怕是血液積滯在皮膚下面造成的吧？看樣子應該是內出血。

「我有樣東西要給你看，不過我得先……」

說完，輝晃突然起身，睜大眼睛。那是有所覺悟的眼神。

他手裡拿著一顆拳頭般大小的石塊，然後把自己的左手放在伸明剛才坐的石頭上，張開手指。

「還需要負分才行，所以我得弄斷左手的手指。」

「等等，輝晃！」

他舉起石塊對著自己的左手，大聲喊道：

「我可以辦到的——！這樣就行了吧——！」

「住手——！」

伸明大聲地喝止。可是輝晃非但沒有停手，反而用石頭對準左手食指，用力地砸下。

一道閃光伴隨著悶重的聲音劃過，骨質碎裂的聲音在身邊炸裂開來。

夾雜著衝擊和悲嘆的驚呼，在空氣中迴盪著，然後消失。

輝晃依序敲打食指、中指、無名指、小指，每根骨頭都被砸得粉碎。

伸明驚愕得無話可說，只覺得身上的汗毛全都頓時豎直起來。

「哇啊啊啊啊啊——！」

輝晃用中氣發出大聲的嘶吼，面目也因為痛苦而扭曲。

在場的人一度以為他會就此昏厥過去。

「還剩下拇指……還有一根拇指沒斷。可惡！」

「快住手！你想做什麼！」

輝晃用石頭敲擊著剩下的那根拇指。握在手裡的石頭被舉起時，還滴著血水。

伸明緊緊閉上眼睛。

輝晃左手的五根手指都被砸得潰爛、骨頭碎裂了。

輝晃一共弄斷1根可以拿到正分的右手手指，還有5根會拿負分的左手手指。

肩膀因為劇烈喘息而上下起伏的輝晃，瞪著奈津子說道：

「把我和伸明的手機還來吧……如果妳不肯，我就把左手的負分，通通算在妳身上。妳應該知道，變成負分的人會有什麼下場吧……？為了變成正分，妳必須弄斷自己的5根右手手指喔。」

奈津子睜大眼睛，愣愣地盯著敲碎自己手指的輝晃。

她的表情漸漸轉為僵硬。看得出來，她的心裡已經被恐懼佔據。

輝晃用眼神逼迫奈津子，繼續說道：

「快點決定吧！難道妳想要斷了自己的手指，好拿到正分嗎？」

「你、你現在持有的那5個負分……要給誰？」

「我的左手已經敲爛了，我想是治不好了……既然我的夢已經碎了，活著又有什麼意思……妳還是快點決定吧！」

「好、好嘛，我、我還你們就是了。」

「伸明，你去拿回來……」

伸明從奈津子那裡拿回2支手機。瞬間，他看到輝晃的眼神在笑。

「我給伸明正1分、奈津子負4分、愛美負1分。」

輝晃繼續說道：

「按照座號順序的話，下一個輪到的是奈津子！妳敢弄斷自己的手指嗎？很痛喔！為了抵銷我給妳的4個負分，妳得弄斷自己的4根右手指，這樣才能得救喔。」

「等等，你怎麼可以食言！我把手機還你們了，你應該把負分給自己才對啊！」

「隨便妳怎麼解釋，不過我從來沒說過這樣的話。」

奈津子懊悔地咬著牙，滿臉恐懼地看著自己的右手。
輝晃像是在炫耀自己的勝利似地笑了起來。
「也許跳過也不會怎麼樣吧？反正妳後面還有彩、里緒菜、理奈、愛美4個人。如果她們願意救妳的話，每個人只要弄斷一根手指就行了。
我希望伸明能活下去，所以才把右手指的那1個正分給伸明。那是我最重要的右手食指。剩下的4個人只要每個人弄斷自己的一根右手指，就可以抵銷妳的4個負分變成0。所以就算奈津子妳喊跳過，應該也不會有問題吧。」
輝晃把沾著血的石頭扔到奈津子的腳邊，那是他用來砸斷自己手指的石頭。
「石頭的大小剛好。算是我送給妳的禮物吧。」
奈津子帶著驚懼的眼神，盯著滾到腳邊的石頭。
「沒、沒這個必要……」
奈津子用左手的掌心把右手的小指往反方向扳下。只見她逐漸施加壓力，發出「唔」的聲音。她憋住氣息，臉部肌肉也開始痙攣起來。
「跳、跳過……」
「聽不見啊！大聲點，讓大家都可以聽到妳說的話！」
「跳過！」
「妳像是在玩洋娃娃一樣地玩弄別人的生命，卻不敢折斷自己的一根指頭。我倒想看看，其他人會有什麼反應。她們真的願意為妳犧牲嗎？」

「…………」

「妳知道，為什麼我會給愛美1個負分嗎？因為是愛美要求我的！」

當伸明和奈津子說話的時候，這齣戲就已經決定要怎麼演了。

奈津子睜大眼睛，瞪著愛美。

「這是怎麼回事……愛美？」

愛美從奈津子的臉上移開視線。

——輝晃把他內心的想法偷偷地告訴我。我要求輝晃給我1個負分，因為我想知道，奈津子會不會救我。沒想到，情況會變得這麼殘酷。

奈津子根本不管我的死活，看到輝晃的慘狀之後，因為怕痛而喊跳過。如果奈津子願意給我一個正分的話，那麼不管發生什麼事，我一定會救她。我一直很相信奈津子，甚至天真地以為我們可以永遠當好朋友……

我已經做了這樣的決定。原本我還很希望妳能從背後推我一把的……我真的好羨慕伸明啊……

【6月5日（星期六）下午4點34分】

「為什麼要瞞著我？愛美！」

伸明一面用新的毛巾裹住輝晃痛苦不堪的左手，一面對他說道：

「謝謝你幫我拿回手機，還把右手的食指給了我……可是左手……」

「不要放在心上！我不是說過了嗎？骨折是可以治好的。而左手，是我自己決定這麼做的。」

「有必要做到這樣嗎？為了復仇、為了傷害對方，不惜犧牲自己的左手……你一定很不甘心吧！這樣彼此憎恨，根本解決不了事情啊！」

遼搖搖頭解釋道：

「不是的，輝晃不是為了報仇……接下來，大家必須團結一致才行，我們需要一個可以帶領大家的領導者。輝晃這麼做是為了大家……他真的是用心良苦……」

遼難過得無法再說下去，低著頭啜泣起來。

威脅是無法令人信服的。要讓人信服，必須靠別的東西。

這件事必須由大家來決定，由大家一起做選擇。

輝晃想出來的這個腳本，隱含了他內心許多的想法。那是無法用單一層面來剖析的、五味雜陳的複雜情感。

他這麼做的目的，是想要讓班上的同學團結起來。

「跳過！」彩這麼說。

接下來的里緒菜也說「對不起，跳過」，理奈也一樣是「跳過」。

輪到最後的愛美了。

愛美張著嘴，好像正準備要說什麼。奈津子卻在這時候大聲喊道：

「救救我，愛美！現在只有愛美妳可以救我了！要是愛美不肯折斷右手手指的話，我就會死耶！」

愛美欲言又止地張開嘴巴，然後又閉上。她噙著淚水說道：

「妳沒有其他要說的嗎？」

「我還不想死。愛美，妳有在聽我說嗎？求求妳，折斷手指吧！」

「妳真的……沒有其他的話要說嗎？」

「從剛才妳就一直是這種態度！算了！我真是看錯人了！」

奈津子低頭看著地上，不悅地歪著嘴角。

她眼睛直直地盯著輝晃丟到她腳邊那顆石頭，腦海裡浮現他說的話——「石頭的大小剛好。算是我送給妳的禮物吧。」

「禮物？謝了。」

她撿起石頭，朝愛美衝了過去。

「愛美，快逃——！」

可是，愛美停在原地，完全沒有移動腳步。

奈津子把愛美推倒，張開雙腳，跨坐在愛美的身上。
愛美的裙子被撩了起來，露出雪白的大腿和小腿。
奈津子使勁地將愛美的右手壓在草坪上，毫不猶豫地舉起石頭，朝她的右手砸下。
愛美沒有抵抗。兩眼直直地看著沒有一絲烏雲的天空。
反射陽光的七彩淚珠，成串地從她的雙頰滑落下來。
——在奈津子的眼裡，現在的我是什麼樣的人呢？彼此信任、真誠相待，這樣就算是朋友吧？難道妳忘了嗎？啊、是不是因為在這樣的情況下，所以妳想不起來？
今天是我的生日呢。

石頭砸在愛美的右手手指上，一道骨碎的悶響傳遍了四周。
愛美的腦子陷入一片空白。
「我……」
遲了幾秒，她才發出淒厲的叫喊。
「呀啊啊啊啊啊啊！」
奈津子臉上浮出笑容，又用石頭朝愛美的手指砸了3下。
「妳用這種方式，她是不會把正分送給妳的！」
伸明用身體將奈津子的人撞開。奈津子受到衝擊，整個人在草地上滾了好幾圈。
「簡直是喪心病狂……」輝晃臉上掛著難以置信的表情，跪坐在地上。

伸明跨坐在倒臥在草坪上的奈津子身上，用雙腳緊緊地將她箝制住。

他以沉痛的眼神瞪著奈津子。

「妳真的要蠻幹嗎！難道妳想在這裡被我揍死嗎？」

「不要攔我！我已經沒有退路了！」

奈津子狠狠地瞪著伸明的雙眼。

——當人的精神處於耗弱狀態時，用輕聲細語跟對方交談，最容易打動對方的心。為了達到這個目的，就必須先把對方逼到絕境才行。也就是先瓦解愛美的精神狀況，讓她陷入崩潰的邊緣。為我發狂吧，愛美。然後，乖乖地把手指交給我。

愛美護著受傷的右手，搖搖晃晃地站了起來。

她的眼神已經失焦，話語也無法連貫。

「為什麼……我們、好朋友要互相傷害……為了奈津子，我早就打算把我的右手……」

彷彿沒有聽到愛美的哀訴似的，奈津子冷冷地開口說道：

「人哪，一旦被逼到絕境、被迫站在危險的深淵邊緣，就會失去冷靜的判斷力，變得瘋狂！伸明不也看過這樣的情境嗎！」

在上一次的國王遊戲中……伸明也經歷過這類殘酷的事。奈津子不必猜也知道。

她對著移開視線的伸明，繼續說道：

「我們面對的是一場醜陋的鬥爭，人類本來就是會輕易背叛他人的動物！朋友算什麼！一旦失去利用價值，就跟垃圾差不多！這就是朋友的定義！」

「住口……」

「朋友要互相幫忙，這種話……誰都會說！可是結果呢……誰也救不了。到了最後的時刻，你不是殺了你的女朋友嗎？無論何時都想當好好先生的你，其實是最殘酷、最冷血的那個人！」

看著眼眸黑暗到深不見底、嘴巴滔滔不絕的奈津子，伸明感受到一股莫名的恐懼。

「閃開！愛美、拜託妳、救救我……」

伸明的左手用力摀住奈津子的嘴，不准她繼續說下去。同時用另一手緊緊地掐住她的頸項。

奈津子發出痛苦的呻吟。

「這雙手可以創造出很多東西，同時也可以毀滅掉很多東西。」

聽到伸明這麼說，奈津子慌了起來。她緊緊抓住伸明勒在她脖子上的雙手，想把他的手扳開。

我真的會被殺死。奈津子腦海閃過這樣的預感。

伸明掐在奈津子脖子上的手，力道越來越大。他把全身的重量壓在她身上，將她的頭牢牢按在地上。

奈津子的眼睛和臉因為充血而漲紅，兩腳痛苦地又踢又踹。

「伸明，你冷靜下來，先放開奈津子吧，好不好？」遼搖了搖伸明的肩膀說道。

「放心，我很冷靜。光是這樣，她還死不了。」

這雙手可以創造出很多東西，同時也可以毀滅掉很多東西。

沒錯。這雙手可以保護人、構築彼此的信賴關係。相反的，也可以用來殺人和傷害人。

可是，這次能夠決定一切的「手」，是拿到4個正分的愛美的手。

能夠決定奈津子是死是活的人，是愛美。

為了不讓愛美的決定受到干擾，伸明才會把奈津子壓制在地。

『人類本來就是會輕易背叛他人的動物！朋友算什麼！一旦失去利用價值，就跟垃圾差不多！這就是朋友的定義！』

他希望說出這種話的奈津子，能夠體會到朋友的可貴。

在妳採取行動之前，愛美早就決定要送妳正分了。妳的好朋友愛美，看到妳被逼入絕境的那一刻，就已經下定決心，要犧牲自己來救妳了啊！

希望奈津子能夠回心轉意，伸明這麼期待著。

透過掐住奈津子脖子的那雙手的手心，伸明感覺到奈津子的體溫。

「我並不想殺奈津子……相反的，我是想要保護妳。」

突然間，不知是誰從伸明的背後撞了過來。伸明的身體一彎，鬆開了手，整個人倒在奈津子前面。

奈津子躺在地上，兩眼直直地盯著天空，雙手則按住脖子，發出痛苦的呻吟。

伸明用雙手撐起身子，轉頭往後看。

「妳的手都變成那樣了還來撞我？難道不痛嗎？」

「住手……」

「是妳想救奈津子的心，驅使妳這麼做的吧……為什麼要撞我呢？為什麼要哭呢？」

愛美滿臉淚水地站在奈津子旁邊。剛才從背後衝撞伸明的人正是愛美。

「我想要救奈津子！因為奈津子她……會被殺死。」

「看看妳的右手……奈津子把妳的右手弄成那樣，妳還要護著她嗎？」

「奈津子很害怕，她一定是無計可施，才會那麼做的……因為我們是朋友……所以我必須保護奈津子。」

「朋友的定義……不是簡簡單單用定理或數學公式就可以解釋的……妳覺得朋友是什麼？」

「羈絆……」

愛美的眼神堅定澄澈，微笑著如此說道。

劍拔弩張的氣氛瞬間緩和下來了。之前的緊張感，彷彿不曾存在似的，早已隨風散去。

「我和奈津子永遠都是好朋友。我相信她，我要把我的4個正分送給奈津子。」

伸明也只能報以微笑了。

奈津子一臉凶狠地爬起來，站在愛美的身邊。

奈津子和愛美兩人的眼神有了短暫的交會。

接著，愛美突然發出淒厲的哀嚎，膝蓋跪倒在地。

「呀啊啊啊啊——！」

聲音清脆可辨，雖然很細微，不過確實是骨折的聲音。

奈津子剛剛用力將愛美右手的拇指往另一個方向扳倒。

「拇指最粗了，妳自己大概折不斷，所以我來幫妳吧。」

伸明猛然站起。

「這就是妳回報愛美的方式嗎？」

「自己折的話不是更可怕嗎？這是唯一能幫助愛美的方法啊……」

奈津子轉頭看著愛美，心疼地撫摸著她傷痕累累的手說道。

輝晃給奈津子4個負分、愛美1個負分，而愛美給了奈津子4個正分。

這麼一來，奈津子剛好正負抵銷，變成0分，不需要接受懲罰。

可是愛美還是有輝晃給她的1個負分。

奈津子之剛才只砸斷愛美的4根手指，留下拇指。可是愛美自己還缺1個正分，才能抵銷負分。

「愛美，妳沒有折斷拇指，該不會是打算一死了之吧？」

奈津子盯著愛美的眼睛，這麼質問她。

「我不會讓妳死的。妳把最後的一個正分送給自己，這樣正負就可以抵銷了。」

「我……給自己1個正分。這樣就結束了，這樣就……」

愛美緊緊地抱住奈津子，眼淚無法控制地往下流。

——在奈津子的眼裡，現在的我是什麼樣子呢？

「愛美，今天是妳的生日吧。恭喜妳！妳送我的禮物，我收下了。」

奈津子所謂的「禮物」，指的是什麼呢？

雖然輝晃和愛美都弄傷了手，但是，在命令3中，總算沒有犧牲任何一個人。

能夠讓人信服的那樣東西叫做羈絆，就是因為這股羈絆，才使得人與人能夠緊緊相連。

【6月5日（星期六）下午5點8分】

嘟嚕嚕嘟嚕嚕。【收到簡訊：1則】。

【6／5星期六17：08　寄件者：國王　主旨：國王遊戲　本文：確認服從　END】

太陽即將下山了。色彩鮮豔的雲朵佔據了天空，街上的建築物也蒙上了晚霞的朱紅。

空氣中帶著些許的涼意。

奈津子拉著愛美準備離開。

「妳們要去哪裡？」

「當然是去醫院啊。伸明，你不帶輝晃去嗎？」

「我知道。不過……妳有沒有發現，這次的命令……好像改變了我們呢。」

「你不是知道國王遊戲的結局嗎？也許，最後的結果跟你之前的經驗有一些不同吧。不過，反正結局都是……」

奈津子說到一半，突然噤口不語。伸明當然知道她原本要說的是什麼。

結局是一樣的。大家都會死。

「妳所體驗的那個結局，跟我的有什麼不同嗎？」

「晚上11點40分的時候，我們再來這裡集合吧。到時候我再跟大家說明……我只想說，總是讓大家抱著希望的好好先生伸明，其實才是最殘酷的。拜拜。」

奈津子拋下這句話，便帶著愛美一起離開了。

雖然兩人的背影看起來令人傷感，不過伸明卻沒錯過奈津子回頭微笑的那一剎那。每次奈津子在動什麼歪腦筋時，都會露出那樣的微笑。

真希望是自己想太多。說不定，奈津子真的變了，伸明這麼祈禱著。

有個影子擋住了伸明的視線。是輝晃。他拿著筆記本站在伸明的面前。

「這麼重要的東西，還給你。另外，我有個請求。我希望由你來帶領大家。」

「對不起，我辦不到。」

「為什麼？」

「我不是能夠帶領大家的人。我沒有那個能力。」

「我看過筆記本了。最後那一行字是你寫的吧？看起來就像是你的字跡。我真的很感動，雖然我不知道發生了什麼事，但是你之前的那個班級，大家也都對你抱著很大的期待不是嗎？」

伸明搖搖頭沒多做解釋，只說「我們去醫院吧」，這時，一旁的里緒菜喃喃說道：

「伸明知道如何終結這個國王遊戲的方法嗎？」

「對不起，我不知道。」

雖然心中並非全然沒有線索，不過，此刻伸明還無法跟大家說明。

伸明很早就想問里緒菜一件事，剛好趁這時候，靠在里緒菜耳邊悄聲問道：

「為什麼妳知道奈津子以前體驗過國王遊戲？……妳早就知道了嗎？」

「從網路上看來的。我上網做過仔細的調查，結果發現我們班遇到的怪事，去年夏天也有一間學校發生過，而且，就發生在奈津子轉來我們學校之前。於是我又繼續調查奈津子以前念的那所高中，沒想到……」

聽到網路這個詞，伸明腦海裡浮現出在上次的國王遊戲中，獨自消失在大海中的奈美。當時奈美曾經告訴他一個網站，網站上是這麼寫的：

【某間學校的某個班級，發生學生上吊、自焚、心臟麻痺、交通意外，以及其他不明原因的死亡意外。】

【經過警方和專家調查，仍無法釐清真相。有可能是集體自殺行為。】

【也有可能是同學自相殘殺。】

【跳崖的學生目前仍未找到遺體。】

奈津子，妳究竟經歷過什麼樣的國王遊戲呢……

伸明感到全身不寒而慄。為了排除這樣的恐懼感，他轉而靜靜地望著被夕陽染紅的鬧區街道。伸明用手拭去汗水，拿著輝晃還給他的筆記後，轉過身去。

「筆記本裡面寫的最後一行文字，是健太說的話。讓輝晃感動的那些字……是健太說的，不是我。我們去醫院吧。」

「伸明……啊，沒、沒什麼。」

輝晃搖搖頭，像在祈禱似地閉上了眼睛，對著伸明的背影，無言地傳達自己的想法。

——那一行字不只是健太說的話而已。我想，其中一定也蘊含了伸明的想法吧。就算那些話是健太說的，不過，卻是伸明寫下的。因為，伸明也認同這樣的想法，所以才會寫下來，不是嗎？筆記本的角落還有眼淚乾涸的痕跡呢。

打動健太的人是誰？那個叫莉愛、還有叫直也的同學，以及你的前女友智惠美，大家都把希望寄託在伸明的身上。我想，健太一定也是這樣。

我也是。之前咒罵你的勝利，現在態度也轉變了。就連里緒菜，也對你另眼相看了。就算伸明你不願意，可是大家還是很需要你。我們都被你打動了。

把重擔加諸在你一個人身上，的確很抱歉。也許，那真的是凡人無法承受的重量吧。

可是，希望你能繼續撐下去！

輝晃抬起腳，輕輕地朝伸明的背部踢了一下。

「好痛，幹嘛踢我啊？」

「就是想踢嘛。」

就像是從背後推猶豫不前的朋友一把一樣。輝晃踢那一腳的意思，就是希望伸明能夠拋開猶豫、朝自己認為正確的道路前進。

儘管這個舉動看起來有點幼稚，可是輝晃就是想這麼做。

伸明帶輝晃到醫院去，接受手部的診療。

聽醫生說，輝晃右手的食指可以復原，可是左手已經無法像原來那樣活動了。

也就是說，輝晃這輩子再也無法使用左手做一些有困難度的動作了。可是，輝晃一點也不感到後悔，他用開朗無邪的笑容面對伸明。只不過，伸明看到輝晃的笑容，卻心痛不已。

輝晃的左手暫時以石膏固定好，外面再纏上一層厚厚的綳帶。
看到伸明的眼淚快要掉下來，輝晃趕緊把右手伸到他的面前。
「只要右手能保住，就沒問題了！」
看到輝晃充滿期待且樂觀的樣子，伸明也不便再多說什麼。
他只能帶著無奈的悲傷，離開醫院。

【死亡0人、剩餘11人】

命令4

【6月5日（星期六）晚間9點45分】

走出醫院門口，太陽早已下山，四周被黑暗所籠罩。

伸明打算再去見奈津子的祖母，把整個事件問清楚，於是在醫院停車場告別了輝晃。

「對不起，我臨時有事要去辦。到了約定的時間，我會去跟你們會合的。」

伸明到了奈津子的家，從玄關處往裡面偷看，屋子裡一點光線也沒有。

「對不起，這麼晚來打擾。」

他敲敲木門上的玻璃窗。門板晃了幾下，聲音聽起來頗為淒涼。

伸明在附近來回走著，希望能等到房子的主人出現。可是隔了一段時間，還是等不到人。

偶爾有幾名路人經過，用狐疑的眼光看著他，伸明對他們點頭微笑，應付打混過去。

23點30分。

就快到集合的時間了。

伸明在那本封面上寫著【關於怪異事件的記錄】的筆記本最後面，寫了幾行字，然後把它投進信箱裡，離開了奈津子家。

【這是我在夜鳴村找到的筆記本。您認得這個筆跡嗎？我在夜鳴村發現自殺的人了。我想他應該就是本多智惠美的父親吧。另外，我還在夜鳴村的郊區發現了一座鳥居，鳥居下方還埋了一具遺體。

我想知道整件事的始末。我現在要去見奈津子了。萬一發生什麼狀況，請務必與我聯絡。

090-××××-××××× 金澤伸明】

伸明抬起沉重的腳步，往約好要集合的廣場前進。
途中碰巧遇到遼，兩人決定一同前往。
「不知道輝晃要不要緊？還有……奈津子不知道是不是真的洗心革面了？」
「輝晃他沒事，至於奈津子，待會兒看到她就知道了。」
遼遲早會瞭解，班上的同學們，再也不可能恢復到原來的樣子了……不過現在還不能告訴他實情，只能用「沒事」暫時應付他。

越接近拱橋的廣場，沉重且緊張的氣氛就越濃厚。
除了奈津子和愛美之外，其他人都到場了。
到場的9個人，以輝晃為中心圍成一個圓圈，大夥的目光都集中在輝晃的左手。
站在中央的輝晃率先開口說道：
「醫生說休養2個月就會恢復了，大家不用擔心。」
遼聽了這番話，原本緊繃的神情這才緩和下來。
話才剛說完，和輝晃一樣右手纏著厚重繃帶的愛美，也和奈津子一起出現了。
「伸明，距離下一道命令還有20分鐘，你要不要趁這時候和我單挑啊？」
奈津子一到現場，立即如此挑釁說道。

「我拒絕。」

「我是女生耶，你想夾著尾巴逃跑嗎？這樣還算是男人嗎？我連比賽內容都還沒說呢。」

「我拒絕。」

「……你、你怎麼哭啦？」

伸明流下了淚水。因為眼淚的緣故，他眼中看到的奈津子變得朦朧不清。

「這就是妳開口說的第一句話嗎……我原本還期待妳會清醒，會有所改變……」

奈津子大聲回嗆道：

「清醒？該清醒的人是你吧，伸明！讓大家繼續懷抱虛無縹緲的希望，才是最冷血的人，你瞭解嗎？」

相較之下，伸明態度沉著多了。

「嗯。」

奈津子像是怕大家沒聽見似地抬高了音量。

「只能有一個人活著耶！只要有人活著，遊戲就會繼續！與其半死不活，倒不如全部殺光還比較痛快！」

「總有一天心願會得到報償的。」

「少假惺惺了！告訴你們吧，我和伸明不同。在最後一刻，我殺死了我最痛恨的那個傢伙。到現在，我一想到那傢伙的名字就想吐。那傢伙在國王遊戲進行的12天之內，受盡折磨和痛苦之後，被我殺死了！」

「我能瞭解妳的心情。可是，妳現在一點都不感到痛苦嗎？一定很痛苦吧？」

「……不用你管！我一直想要保護的人，沒說一聲就跳崖自殺……至少、至少也該跟我說吧……」

「妳有什麼委屈，都可以跟我說。妳說的那個人，一定是因為很愛妳，所以才說不出口吧？誰會對自己喜歡的人開口說他想去死呢？」

伸明走近奈津子，將她緊緊抱在懷裡，撫摸著她的頭，輕聲說道。

「我會救妳的。」

「別、別碰我！變態！跟我一決勝負吧。」

奈津子深深地吸了一口氣，說道：

「伸明，你到底想怎樣？」

伸明挑起眉毛，閉著嘴不說話。這個時候……

嘟嚕嚕嘟嚕嚕。【收到簡訊：1則】。

伸明打開簡訊看過之後，發出大叫：

「遼！不要看簡訊！現在馬上離開這裡！」

遼被周圍異樣的氣氛嚇得楞住，一動也不敢動。

「你要我說幾次！馬上離開這裡！快點！」

遼一臉哭喪，眼淚就快流下來了。他轉過身，快速地跑離現場。

因為速度太快，頭上的鴨舌帽還掉落到地上。

「啊！」他叫了一聲，停下腳步想撿起帽子。但旋即又一臉驚慌地轉身跑走。

遼的鴨舌帽掉下來的瞬間，大家都看到遼的髮型，比平常要短了許多。

現場傳出一聲女孩子的淒厲哀嚎。

伸明拿出比剛才更大的力氣，用力地抱緊奈津子的身體。

「這是妳的詭計吧……？能做到這件事的人，就只有妳和輝晃而已。」

「沒錯，是我做的。」

期待奈津子能改頭換面，同時願意傾聽她所有委屈的伸明，一顆心彷彿頓時被敲成碎片。

輝晃突然倒臥在地，搔抓著自己的喉嚨。伸明趕緊跑上前去，在輝晃的身邊跪下。

「對不起，都是我害了你……」

「為什麼我要受到懲罰呢？我破壞了遊戲規則嗎？……我做了什麼？」

奈津子打岔說道：

「因為遊戲規定不可以中途棄權。只怪你沒把【0000】的手機密碼改過來，所以我設定了你的手機，擋掉國王的簡訊。」

「妳不用解釋那麼多了！」伸明怒吼道。

「我想，輝晃至少會想知道，自己到底會怎麼死吧。說穿了，又是誰害得輝晃的手機被我搶過來啊？」奈津子挑釁說道。

輝晃發出痛苦的呻吟。脖子上抓出一道又一道血紅色的弧線，鮮血從裂痕滲出。

輝晃伸手抹了一下脖子。看到手心沾滿自己的鮮血時，驚訝地張著嘴，久久無法言語。

「幸好你把遼支開了。謝謝你，伸明。那傢伙膽子小又容易緊張，你知道他一定會受不了，所以才會把他支開吧？」

「……不是這樣的。」

「……沒幫上什麼忙……真的……很對不起……」

「別這麼說，我才要謝謝你。真的很感謝你！我都不知道該說什麼了……」

「不要迷惘……繼續前進……伸明……把大家集合起來……團結在一起……」

大概是想摸摸伸明的頭髮吧。輝晃鬆開手，伸向伸明。但最後卻因為力氣耗盡，整個人又癱軟在地上。

「好想……再幫你剪……」

輝晃的身體無力地傾倒，當頭部撞擊到地面時，衝撞力導致他的頭和身體分離，像球一樣在草地上滾動著。

伸明滿心悔恨地把頭埋入倒臥在地的輝晃胸口。

周邊傳來刺耳的尖叫聲。

「呀啊啊啊啊──！不要過來！」

輝晃的頭剛好滾到理奈的腳邊。

伸明一臉恍神地朝尖叫聲的方向看去，此時理奈正舉起腳。

「住手……不可以這麼做……理奈……」

理奈沒有避開，反而用力地把人頭踢開。

輝晃的頭朝地上的一攤水坑滾去，發出嘩啦的水聲。
原本渾濁呈現綠色的水窪，一下就被染成了血紅色。
「哇啊啊啊啊啊啊！」
伸明像瘋了似地大喊。奈津子彷彿要壓過他的喊聲，拉高了音調對大家說：
「想要逃的人，就拒絕接收國王的簡訊吧！這樣就能從國王遊戲中解脫了。很簡單吧？」
她不疾不徐地瞥了每個人一眼，又繼續說道：
「瘋了的話，又有什麼好處呢？」
「瘋了又有什麼好處？是誰害大家變瘋的。輝晃他不想死啊……妳根本沒有權利剝奪想活下去的人的性命！」
「是這樣嗎？愛美是怎麼想的呢？她的手已經無法復原了……也許她心裡還想著，不如死了算了呢。不信嗎？要不要問問地上的輝晃啊？」
奈津子指著輝晃的屍體說道。
「妳在開什麼玩笑！」
伸明的理性崩潰了。他清楚地感覺到，自己的人格和精神正在瓦解。
愛美用左手按著手機。
「現在死的話，就可以一了百了，對吧？奈津子。」
愛美打算拒絕接收國王的簡訊。伸明看著奈津子大喊：
「奈津子，為什麼不阻止愛美？愛美她正在步向死亡啊！」

「早點死才可以早日解脫啊！如果國王遊戲還要再玩10天呢？誰能忍受得了？你不要搞錯了，這樣才是為愛美好！」

奈津子抱住纏著繃帶的愛美的右手，喃喃地說：「對不起。」

這一刻，什麼是對、什麼是錯，已經無從判斷了。

遼拖著搖晃的身體，蹣跚地走了回來。他發現沒有頭顱的輝晃屍體橫陳在地。

「輝晃……輝晃、輝晃、輝晃！」

聲音越喊越大。

好朋友怎麼會突然暴斃呢？剛才不是這樣啊！不久前明明還站在那裡，現在卻死了。

「頭呢？頭跑到哪裡去了？怎麼沒有頭呢……」

遼扯下鴨舌帽，蓋住輝晃的脖子，像是要遮住斷掉的部位。

「這樣怎麼戴帽子啊？我去幫你把頭找回來……」

班上的同學一個個都瘋了，求生的意志力也越來越薄弱，生與死的界線，在這個瞬間早已完全崩潰。

【6月6日（星期日）午夜0點10分】

奈津子啪啪啪地拍起手，藉此吸引眾人的注意。

「除了愛美之外，還有誰要解脫的？沒有的話，現在就要開始囉。」

伸明站起來，表示「接受單挑」。

「我要先走了！你們自己去玩吧……」勝利迅速地跑離現場。

「我也不奉陪了。」

「我還不想死。」

勝利離開後不久，拓哉、優奈、彩、里緒菜、理奈也都陸續跑開了。

「遼，你也快走吧！」

伸明對著已經失去求生意志、在原地崩潰痛哭的遼大喊。

可是，遼絲毫沒有想要離開的跡象，只是楞楞地看著輝晃的屍體，不斷地喊著：「輝晃，你的頭呢……？」

「你看過命令了吧？快走啊！」

「你看，伸明……輝晃沒有頭了……一定要幫他找回來才行。」

伸明朝遼的臉頰甩了一巴掌，急切地看著他。

「現在不是難過的時候！你要替輝晃好好地活下去！這是你的使命！不要再讓輝晃傷心了！懂嗎？懂的話就快跑啊！」

「伸明……那你怎麼辦？」

「我要把奈津子留在這裡。回想一下運動會的接力賽吧！你應該知道那傢伙的體能非常好！還要我說幾次啊！」

遼這才擦掉眼淚，轉身跑開。伸明看著遼的背影，越跑越遠。

遼是輝晃的好哥兒們，所以伸明下定決心一定要保護他。

「再見，如果可以的話，我一定會去找你的。奈津子，我們來單挑吧……」

可是，原本站在一旁的奈津子，不知何時消失了蹤影。

「被耍了！讓那傢伙逃掉了！」

伸明蹙著眉，喃喃地說道。

「是龜之首吧？這裡距離那個地方，少說有100公里以上吧……？別說團結一致了，接下來大家一定會爭得你死我活，根本不可能團結起來……」

伸明再次打開簡訊確認。

【6／6星期日00：00　寄件者：國王　主旨：國王遊戲　本文：這是你們全班同學一起進行的國王遊戲。國王的命令絕對要在24小時內達成。※不允許中途棄權。＊命令4：全班同學跑向龜之首廢墟。每隔8小時判定一次，距離龜之首最遠的人要接受懲罰。※禁止利用各種交通工具和器材。此外，現在有人必須接受懲罰。男生座號20號．永田輝晃　處以斬首的懲罰。因為此人違反了規定。　END】

伸明看完簡訊，正準備跑的時候，突然發現有個孤獨的人影，雙手抱膝坐在地上。那個人正是愛美。

奈津子丟下愛美獨自跑走了。至少她應該跟愛美打聲招呼吧？

伸明跟愛美說道：

「我們一起跑吧？」

「……我要留在這裡。」

「8小時之後，距離龜之首廢墟最遠的人就要受到懲罰，會死的。這樣妳還要留下來嗎？」

「嗯。」

「妳已經失去求生的意志了嗎？」

「嗯。」

「有什麼話，要我轉告奈津子的嗎？」

「麻煩你轉告她，請她加油。」

伸明抓著愛美的肩膀把她拉起來，將她馱在背上開始跑。

「你在做什麼？」

「妳自己跟奈津子說吧。」

「是你問我，有沒有話要轉告奈津子的。……背著我的話，你會跑不動，到時候你會受到懲罰的。快住手。」

「既然妳會擔心我，那就自己跑吧。除非妳願意自己跑，否則我不會放妳下來的。奈津子丟下妳跑掉，妳至少要罵她一兩句吧。」

你這個笨蛋，伸明在心裡如此咒罵自己。8小時之後，距離龜之首廢墟最遠的那個人，就得接受懲罰而死了。

100公里的路程，當然不可能只花8小時就跑完。既然愛美不想活，那犧牲她不就好了？為什麼還要硬逼著她跑呢……？

伸明說道：

「如果妳真的跑不動，就不要跑。可是現在請妳一定要跑好嗎？拜託妳。」

伸明實在無法丟下她不管。

「不要放棄啊！」伸明在心裡吶喊著。

伸明背上的愛美開始掙扎。

「放我下來，我自己跑。」

伸明鬆了一口氣，把愛美從背上放下來。

「我們已經落後很多了，要跑快一點喔。啊，先把拒絕國王簡訊的設定取消。」

「你為什麼要救我？」

「救人還需要什麼理由嗎？」

伸明和愛美朝龜之首的廢墟快速奔跑著。

「伸明就像是不死之身吧。」愛美臉上終於浮現笑容。

此時伸明用一種小到別人幾乎聽不見的聲音說道：

「什麼不死之身……我現在不是正在找死嗎？」

無數的繁星在夜空中眨著眼睛，月亮也綻放出銀色的光芒，這就是今晚的夜景。

先一步往龜之首廢墟跑去的6個人，像編隊一樣，在車道邊緣跑著，沿路幾乎沒有車子經過。

車道每隔一段固定的距離，就設有路燈。遠離上一支路燈時，光線就越來越暗，接近下一支路燈，光線又越來越亮。

前方有一輛車迎面疾駛而來，車頭燈發出的刺眼白光，照得6個人幾乎看不見。

車輛從他們身邊呼嘯而過時，還按了一聲喇叭。

6人編隊沒有理會，繼續默默往前跑。

遇到天橋的時候，也是以小跑步的速度，快步爬階。

這時候，原本順暢的速度突然被拓哉打斷。

拓哉拉住跑在前面的勝利的衣角，冷不防地將他從階梯上推下。勝利在毫無防備的情況下，從階梯上摔落。

勝利伸出手一陣亂抓。不管什麼都好，階梯或是扶手，只要能抓到東西就可以停下來。

遺憾的是，勝利最後什麼都沒抓到，一路滾到階梯最下面，身體蜷成一團，動也不動。

「抱歉啦，誰叫你擋在我前面。」拓哉丟了這句話後，又繼續往前跑。

其他人則是站在原地，楞楞地看著剛才發生的一幕。

彩開始跨步了，她匆忙地跑下階梯。

勝利的眼睛閉著，看不出是昏厥過去，還是死了。

剛才掉下來的時候，頭部應該受到不小的撞擊吧。一道血跡從他的額頭延伸到嘴角。彩直覺知道不能隨便移動勝利的身體，只好先幫他測量脈搏。

勝利的指尖有嚴重擦傷，大概是剛才跌落時，慌忙中一陣亂抓所造成的。

彩無法原諒把勝利推落的拓哉，忍不住怒罵道：

「不是說要團結嗎！不是說要互相幫助嗎！」

此時的拓哉已經跑過了天橋，從彩的位置看不到他，只能聽見彼此的聲音。

「有那麼一瞬間，伸明和輝晃的確感動了我，可是我永遠沒辦法變成像他們那樣的人。」

理奈拉起傷心不已的彩，說道：

「勝利已經……彩，我們快走吧。」

「要丟下勝利不管嗎？他還活著啊。」

「他醒來之後自己會跑的。妳都泥菩薩過江，自身難保啦。」

「等一下，我去叫救護車。」

「帶他去醫院會浪費很多時間。而且……救護車是車輛，也就是交通工具，這樣會違反遊戲規則。不是我們冷血，而是勝利現在只能靠自己的造化了。」

「……」

「我們還得拖著疲憊的身體跑100多公里耶。要是送勝利去醫院的話，肯定會來不及的。這是我最後的忠告，如果妳堅持要留下來，我也不阻止妳了。」

「伸明、奈津子，還有愛美，不知道他們現在在哪裡……」

哀傷的彩喃喃自語著。看她這副模樣，理奈用冷到令人不寒而慄的語氣說道：

「很久以前，有一隻會吃人的殺人龜。對殺人龜來說，牠其實只是在屠殺家畜罷了。說得白一點，那是一隻會把人類當家畜吃掉的烏龜。那隻殺人龜對附近的村民下了一道命令，引起村民的憤怒，決定聯手對付殺人龜。許多村民因此送命，卻還是無法將烏龜殺死。最後，出現一對年輕男女，成功地把殺人龜的頭切下來，丟進大海裡，結束了這場悲劇。據說後來那隻殺人龜的頭，變成一顆巨大的岩石島嶼。

這是一個古老的傳說。那座島就是殺人龜的頭，也就是龜之首這個名字的由來。」

「妳突然說這些是什麼意思？」

「傳說中，殺人龜曾對村民下了一道命令。可是命令的內容是什麼，還有那對年輕的男女，是如何把殺人龜的頭切下來的，關於這些細節，傳說並沒有解釋得很清楚。」

「都這時候了，妳還有心情說故事。」

「那個傳說還有後續呢。聽說，龜之首其實是一座血腥的廢墟。」

伸明和愛美急起直追，希望能盡快趕上先前出發的那些人。跑了大約2個小時，還是沒有發現其他人的身影。

是不是跑錯路了？還是他們已經跑到很前面了呢？

要不要打手機？還是……

「喂。」愛美的聲音，打斷了伸明的思考。
「怎麼了？是不是累了？」
愛美帶著冰冷的語氣，淡淡地說道：
「其實，龜之首廢墟是一座沾滿鮮血的可怕遺址。那裡曾經是陸軍的軍事設施，不是古墳、聚落、貝塚這類的歷史遺址，而是軍事設施的廢墟。
龜之首現在是一座廢棄的島嶼，上面只剩幾座稀稀落落的慰靈碑、軍人銅像、頹圮的防空洞，以及幾棟破落的建築物。聽說，戰時那裡死了很多人，甚至還有人謠傳，說那裡曾經進行不可告人的人體實驗，而且都是非常不人道的殘酷實驗……龜之首就是那樣的地方。
伸明，聽到這些你有什麼感想？你認為國王為什麼要我們去龜之首？」
「……我也不知道。」
到底是什麼力量在引導我們？又要把我們帶往何處……？伸明不由得露出苦笑。
「我在想，會不會是……不，也許是我想太多了。」
這時候，伸明突然發現，在前方不遠處，好像有個背影正拖著蹣跚的腳步前進。
兩人趕緊跑上前確認。是里緒菜。
她那頭亮麗的鬈髮已經完全失去彈性，看起來和直髮差不多，臉上還有嚴重的黑眼圈。
伸明差一點就認不出她是里緒菜。里緒菜斜著眼睛看著伸明，虛弱地說道：
「別管我，大家已經跑到很前面了。」
看到里緒菜那副落魄的模樣，伸明擔心地問道：

「妳不要緊吧？」

「嗯，你們有經過國道沿線的天橋嗎？」

「沒有，我們沒經過那裡。」

「是嗎……？總之，你們快走吧。我沒事的。」

「愛美，妳先在這裡陪里緒菜。」

伸明說完後便快速跑開。里緒菜停下腳步，看著伸明的背影，然後問愛美：

「奈津子和伸明的對決，結果怎麼樣？」

「逃跑了。」

里緒菜長嘆了一口氣。愛美繼續說道：

「我只說『逃跑了』而已，難道妳不想知道『是誰逃跑了』嗎？」

「不想。愛美，我問妳，妳曾經想過『死』這件事嗎？當我近距離看到輝晃死去的時候，我曾經想過，要是我也變成那樣，那……」

「我沒想過耶。」

「拿去！」伸明打斷兩人的對話。他手裡拿著冰涼的罐裝運動飲料，分別遞給里緒菜和愛美。

「妳們一定口渴了吧？這時候喝這種運動飲料最痛快了！要是脫水的話，那可不得了喔。」

伸明拉開拉環，把罐口湊到嘴邊，痛快大口地喝著。

里緒菜忍不住笑了出來，伸手接過運動飲料。

「你這個人還真是悠哉啊。真的不用管我了，你先跑吧，愛美也是！」

「真的不要緊嗎？」

「好煩喔！如果我還需要人家擔心的話，那我還配叫里緒菜這個名字嗎？我馬上就會追上你們的……不過要小心拓哉喔。」

「小心拓哉？我知道了。里緒菜，妳一定要跟上來喔。」

伸明和愛美繼續跑。里緒菜在後面，看著他們漸漸遠離的背影。

「我跟著你們的話，只會礙手礙腳，我討厭變成別人的包袱。」

落單的里緒菜感到胸口一陣揪痛。寂寞和悲傷的情緒，像浪潮般一波波襲來。

為了分散注意力，她拿起伸明給她的運動飲料，打算開來喝。

「指甲太長了，拉不開。伸明也真笨，他沒想過這是要給女生喝的嗎？……誰來幫我打開啊？」

愛美一邊跑，一邊不時回頭看。她擔心地問道：

「里緒菜她……真的不要緊嗎？」

「繼續跑，別想那麼多了。我們先趕上前面的人要緊。」

伸明和愛美兩人沿著產業道路又跑了大約30分鐘，終於看到跑在他們前頭的一群人。

他們分別是優奈、遼、彩，以及理奈4個人。遼果然還是趕上大夥了。

遼發現從後面追上來的伸明和愛美，開心地跳起來。

「你們快看！是伸明和愛美！他們在後面、後面！」

伸明他們和優奈、遼、彩、理奈4人會合後，大夥兒暫時停了下來。

彩本來很擔心從天橋上被推落導致昏迷的勝利，猶豫著要不要留下來照顧他。不過最後在理奈的勸說下，還是做出痛苦的決定。也就是留下勝利，跟著大家繼續前進。

優奈雖然也加入勸說，不過其實她自己也感到很迷惑，不知道該不該丟下勝利。可是，留下來的話會浪費不少時間，到時候一定會趕不及。

每隔8個小時，距離龜之首最遠的人就必須接受懲罰。既然這樣，只好犧牲勝利了。

當這個念頭閃過腦海的瞬間之後，優奈這才決定要站在理奈那邊。

優奈一開始無法拋下勝利和彩跑開，是因為她不希望背負「見死不救」、「冷血無情」的罪名。

「大家都是這麼想的。」優奈說服了自己，她相信丟下勝利是最好的決定。

伸明看到遼跟大家在一起時，鬆了一口氣。可是他同時也注意到，勝利和拓哉兩個人都不見了。

「勝利和拓哉呢？」

彩打破沉默，沉重地說道：

「勝利他……被拓哉推落天橋昏迷不醒，所以我們只好丟下他了。推人的拓哉自己先跑掉了。」

伸明終於明白，為什麼剛才里緒菜問他們「是否有經過天橋」，還叮嚀他們「要小心拓哉」了。

因為要是伸明經過天橋的話，很可能會留下來照顧勝利。這麼一來，就會拖延不少時間。里緒菜當時一定在想「幸好你們沒走那條路」。

理奈突然拉高音量說道：

「伸明，別怪我們丟下勝利！我們也是不得已的，其實大家都是一樣的想法。我們沒有別的選擇啊！」

理奈心裡一定很掙扎，才會那麼激動吧。她希望伸明能夠認同他們的決定。

「我不會怪妳們的，不過我想請你們照顧愛美。」

伸明用關愛的眼神看著愛美說道：

「跟大家在一起應該比較有安全感吧？要努力地跑喔。」

說完，伸明朝龜之首的反方向跑去。

「你要去哪裡？」理奈這麼問。

「我去看看勝利和里緒菜。」

「你這個大傻瓜！」

「不用妳說，我自己也知道，對不起啦。」

伸明往剛才來的路跑回去。理奈看著伸明的背影，喃喃地說道：

「伸明這麼做……只是在逞英雄罷了。」

產業道路一片靜謐，照明度也很差。

伸明跑在濕氣濃重的隧道內，一股陰森的恐怖感爬上背脊。

黃色的信號燈一明一滅地閃動著。停在路邊的大貨車後照燈，也閃個不停。伸明的眼前盡是一些會發出亮光的物體。

伸明打手機給里緒菜和奈津子，可是兩邊都沒有接通。

往回跑了大約20分鐘之後。

伸明發現里緒菜正在大約30公尺前方的對向車道中央疲憊地跑著。伸明鬆了一口氣，喃喃自語地說道：

「太好了……不過，跑在那個地方會被車子撞的。」

不能讓專心跑步的里緒菜停下來，伸明這麼想著，於是自己跑到她身邊。

雖然兩人的距離很近，可是里緒菜卻沒有發現伸明。

因為專心跑步，所以沒有發現嗎？還是說已經累到無暇注意周邊的動態呢？

「里緒菜。」

伸明叫住她。里緒菜的肩膀抽動了一下，滿臉驚恐地轉頭看著伸明。

「拜託，想嚇死我嗎！」

「對不起，我不是故意要嚇妳的。」

里緒菜把手裡的東西拿給伸明。是伸明之前拿給她的罐裝運動飲料。

「我的指甲太長打不開，幫我打開。」

「妳帶著它跑啊？這樣會拖慢速度吧？怎麼不丟掉呢？」
「不要囉哩叭唆的，快幫我打開啦。」
伸明拉開拉環後，再還給里緒菜。
里緒菜迫不及待地大口飲用，眼眶裡好像有淚水在打轉。
——這段路上真的既寂寞又害怕。沒有人陪著一起跑，也沒有人幫忙打開運動飲料……里緒菜搖搖頭，不想繼續鑽牛角尖。
她一口氣喝光整罐飲料，然後尷尬地對伸明低聲說道：
「謝謝你，我又活過來了。」
伸明微笑地看著她。
這時候，一陣規律的跑步聲從後面的暗處傳來。聲音越來越靠近。
瞬間，跑步聲好像亂了節奏，但是很快又恢復了穩定的步調。
伸明往腳步聲那一帶看去。頓時，臉上浮現像是看到鬼一般的驚訝表情。
「……勝利。」
「你想說什麼？伸明，看到我有那麼可怕嗎？」
那個腳步聲的來源，是滿臉鮮血的勝利。
他的襯衫袖子沾滿血跡，整張臉好像被血抹過一樣。大概是用衣袖抹的吧。
勝利咬牙切齒地咒罵道：
「我絕對不會放過那傢伙的！拓哉那個混蛋！」

伸明很清楚，「怨恨和復仇的怒火」是支撐著勝利繼續跑下去的動力來源。

【6月6日（星期日）凌晨3點42分】

每隔8個小時就會判定一次。距離龜之首廢墟最遠的人必須接受懲罰。從午夜0點開始計算的話，目前離第一次懲罰的時間，還剩下4個小時又18分鐘。

伸明、勝利、里緒菜三個人雖然對不明朗的現況感到不安，但還是耐著性子，循著國道沿線跑。

伸明回頭看了一下斜後方的里緒菜和勝利。

里緒菜好像平常很少運動，所以體能明顯落後。

勝利也是傷痕累累，不知道能撐到什麼時候。雖然說「怨恨和復仇的怒火」讓他一路撐到了現在，但是還能維持多久呢？

要是復仇的怒火熄滅了，那勝利不就……

紊亂的風從四面吹來，讓伸明感受到陣陣刺骨的寒氣。

里緒菜和勝利，其中一個要接受懲罰。早點死的話，還落得輕鬆呢，放棄吧。

他彷彿聽到風聲這麼呢喃著。

「為什麼不能讓希望的火苗繼續燃燒呢？不要把它吹熄啊。要是死了，一切就都結束了。現在投降的話，以後怎麼繼續下去呢？」

伸明打手機給遼，確認前面的那夥人大概跑到哪個位置。

『剛跑完產業道路，現在正沿著海岸線跑。』

距離比伸明想像中還遠。他們的腳程一定很快吧。
『伸明，你現在在哪裡？』
「遼，你要跑到最後喔。順便幫我轉告大家，請他們加油。」
加油打氣的話說完後，伸明便切斷了電話。他再次回頭看著一起跑的勝利和里緒菜。
照這個速度的話，肯定無法追上前面的同學，所以第一個受罰的人，應該就是我們3個其中之一了……
──萬一真的變成那樣，他能為里緒菜與勝利做些什麼呢？
儘管速度已經放慢，可是3個人還是跑得上氣不接下氣。在追趕的過程中，太陽已經不知不覺露臉了。
天就快亮了，東方透出一道曙光，周邊的天空也逐漸泛白。
伸明、勝利和里緒菜跑過產業道路，繼續沿著海岸線公路往前跑。
里緒菜看到剛露臉的太陽，忍不住發出讚嘆：
「伸明，你看，好美喔。」
「是啊。」
「不要管我們了，這樣你會趕不上大家的。我想，勝利一定也是這麼想吧。」
「里緒菜說得沒錯。伸明，你還是先跑吧。」
勝利的臉色非常蒼白，好像快要跑不動的樣子。應該已經到極限了吧。
「我們休息一下吧。」伸明停了下來。

3個人爬上防波堤坐下來，雙腳懸空伸出，讓身體盡量放鬆。

時間分分秒秒地流逝，卻沒有人開口催促，只是靜靜凝視著剛升起的太陽和平靜的瀨戶內海。

黑藍色的海面因為反射陽光的緣故，發出炫目的波光。

水平線在眼前擴展開來，像是張開雙臂迎接他們3個人似的。

累積的疲憊慢慢消失。沐浴在和煦的陽光下，一路上的辛苦彷彿被洗滌乾淨了。

伸明的臉頰留下兩行熱淚，喃喃自語地說道：

「多麼溫暖的大海啊……智惠美，是朝陽呢。」

「呀啊啊啊啊啊——！」

里緒菜突然放聲尖叫。伸明的意識馬上被拉回現實。

「你、你要做什麼？不要這樣！」

勝利搖搖晃晃地站起身子，然後從7公尺高的防波堤往海面一躍而下。

勝利已經被逼到極限了。短暫的休憩，反而讓支撐身體往前衝刺的那股情緒、那條緊繃的弦斷裂了。

伸明脫去外衣，裸露出上半身。

落入海裡的勝利，背部朝上，在海中載浮載沉。身體沒有掙扎的跡象。

里緒菜抓住伸明的手，阻止伸明往下跳。

「放開我，里緒菜！」

「我才不放手呢！一定還有其他辦法可想！」

「沒有時間了！勝利的身體動也不動，就表示他已經失去意識了！」

勝利像是被大海吸進去一樣，身體逐漸沒入水中，然後消失。

剛才還是平靜無波的海洋，現在卻露出猙獰的獠牙，把勝利給吞噬了。

「放開我！不要阻止我！」

伸明深深地吸了一大口氣，胸部因而鼓脹起來。

他推開里緒菜，啪的一聲跳入海中。

伸明潛入水中，很快就發現了勝利的身體。

勝利的手和腳無力地隨水漂浮，身體慢慢往下沉沒，頭還滲出鮮血。

伸明抓住勝利的手，試著要把他拉起來。可惜徒勞無功，勝利還是往海裡面沉。

為什麼浮不起來呢！再不把勝利拉出水面的話，他會死的！

伸明把勝利的身體拉近，然後用左手抱住，右手划水，兩腳使勁地拍水。

就快到海面了，伸明死命地往上游。絕不能讓勝利死掉！他發狂似地游著。

下一瞬間，伸明和勝利的臉破水而出，浮在海面上。

「振作點，勝利！我們要一起去龜之首啊！」

伸明一面拍打勝利的臉，一面打量周邊的環境。

前方是防波堤，是一面用水泥築成的垂直峭壁，又直又高，根本爬不上去。

背面是廣闊的大海。左邊是延伸出去的防波堤，右邊前方約200公尺有一片沙灘。

「那裡有沙灘……啊……」

伸明鬆了口氣，可是馬上又因為支撐不住勝利的重量，再度沒入水中。

他喝了好幾口海水，又吐了出來，氣泡不斷竄升到水面。

伸明緊緊閉上眼睛，掙扎著。

他絞盡剩下的力氣，再一次往閃爍著耀眼光芒的海面上衝去。

可是，水面卻越離越遠，海水無情地將他扯入更黑暗的海底。

「極限」兩個字，剎時閃過伸明的腦海。

伸明把勝利的臉拉近，兩人面對面。他以口對口的方式對勝利吐氣，像是要把生命力注入勝利的體內一樣。

睜開眼睛啊！你不是拼了命撐到現在嗎？你甘心在這個地方放棄嗎！

你不是還要找拓哉報仇嗎！

伸明一面在心裡吶喊，一面用拳頭敲擊勝利的心臟。

可是，勝利還是沒有恢復意識，身體動也不動。

「對不起。」

伸明鬆開抓住勝利的手。勝利的身體很快地隱沒在水底。

「噗啊！」伸明的頭突破海面，吐了好幾口海水後，又連續咳了好幾下。

他調整呼吸，重新吸了一口氣，讓身體漂浮在水面上。

此時的陽光，好像格外刺眼。

「對不起，我放開手了……原諒我，沒能救你……為什麼會變成這樣——！」
伸明沮喪到了極點。他浮在水面上，既悔恨又自責。
他往防波堤的方向看去，里緒菜正站在堤防上看著他。
伸明和里緒菜用彼此的眼神溝通著。
〝勝利他……〞
〝我知道，你快點上來吧。〞
伸明往沙灘的方向游去。一游上堆滿被海浪打上岸的海藻和垃圾的沙灘，整個人就仰躺在上面，失了魂似地閉著眼睛。
里緒菜走到伸明身邊，在他旁邊蹲下來。
「打起精神來，這樣一點也不像你。」
里緒菜憂心地看著伸明的臉，繼續說道：
「你有在聽嗎？要繼續跑？還是放棄？我們繼續跑吧。」
「之前曾經有個純真的女孩，因為國王遊戲而消失在海裡。那個時候，我也沒能救她。」
伸明一邊這麼說，一邊抱起膝蓋，將身體蜷縮成一團。因為剛才在海裡待了太久，流失了不少體溫。
他的臉色非常蒼白，嘴唇泛紫，牙齒也不停地顫動著。
里緒菜看了一下四周，然後伸手抱住蜷曲的伸明。
「你可不要誤會喔。我這麼做，只是為了幫你取暖，而且只有今天一天而已。」

從里緒菜臉頰滑落的熱淚，沾濕了伸明的臉頰。伸明臉頰上未乾的海水，也同樣沾濕了里緒菜的臉頰。

「其實里緒菜也很難過啊。你怎麼都不懂女孩子的心呢，通常這個時候……」

里緒菜沒有繼續說下去。

也許，她也希望伸明能夠緊緊地抱住她，撫平她內心的創傷吧。

原本張開雙臂迎接他們的遼闊大海，下一秒卻獠牙暴露，吞噬了勝利。

太陽的光線照在伸明和里緒菜的身上，兩人的體溫慢慢回升。

大海彷彿什麼事都沒發生過一樣。海浪有規律地、一波波拍打著岸邊。

兩個人都閉著眼睛，沒有開口說話。就這樣在沙灘上待了好一會兒，像是在安撫受傷的心靈和疲憊的肉體。

里緒菜放在伸明肩膀上的手輕輕地移動，然後停在伸明的胸膛。原來男人的身體這麼溫暖，這是她以前從沒有感受過的。

……都這種時候了，我在想什麼啊！

「我們差不多該走了。」

里緒菜打破了沉默說道。

「…………」

「一直沉浸在悲傷中也不是辦法！當初是誰鼓勵我跑到現在的？你可要負起責任來喔！」

「把我的上衣拿給我。」

伸明用手肘撐起身體，穿上里緒菜遞給他的上衣。

站起身子的伸明和里緒菜，面對著大海，自然地低著頭。

「走吧，里緒菜！謝謝妳為我做了那麼多！」

伸明微笑地看著里緒菜。里緒菜感到臉頰一陣紅熱，趕緊把臉別開。

「啊、你不要會錯意啦！你根本不需要向我道謝啊！我……我會那麼做，也是為了我自己！你……你真的不要會錯意喔。」

「妳在緊張什麼？我怎麼聽不懂妳在說什麼？」

里緒菜又羞又氣地嘟起了嘴。

伸明和里緒菜離開海邊，繼續沿著海岸，朝目的地跑去。

因為身體得到充分休息的關係，速度比之前快了許多。

伸明邊跑邊打手機給奈津子，可是還是沒有人接聽。

那傢伙是不是又在打什麼歪主意？伸明忍不住這麼想。

不過，伸明覺得其他同學應該都跑得很順利，所以沒再打電話給他們。要是發生意外，那邊照理說應該會主動打過來吧。

【6月6日（星期日）上午7點20分】

通過濱海公路的伸明和里緒菜，終於來到連通本州和馬見島的馬見大橋。

連接陸地的大島有馬見島和三田島，另外還有兩座小島則是三田上島和岩子島。通過這4座島，就可以抵達目的地龜之首了。

里緒菜望著馬見大橋說道：

「過了這裡，民家應該會變得很少。」

為了長遠之計，伸明和里緒菜決定到路邊的小雜貨舖，先買幾個飯糰、麵包和飲料備用。在結帳的時候，上了年紀的女店員說道：

「大概在1個小時之前……有幾名年輕的男女也跟你們一樣，買了好多吃的東西。今天是不是有什麼活動啊？」

伸明隨便找了個藉口，敷衍過去。

「今天早上我才剛開店，就有一個很可愛的女孩進來買東西，不過她只有1個人。是你們的朋友嗎？」

「你們的店是幾點開的？」

「5點過後才開的。」

不久之後，兩人跑上馬見大橋，一邊吃著剛買來的飯糰，一邊配著茶喝。

差不多跑到大橋中央時，伸明回過頭，然後，向本州揮手道別。

【7：55】

伸明和里緒菜跑下馬見大橋後往右轉。他們決定跑環繞馬見島外圍的外環道。

雖然這條路線的距離比直線遠了許多。可是，馬見島中心一帶都是山丘，走直線的話，必須爬好幾重高低不平的坡道，所以最後還是選擇了平坦的環島濱海公路。

【7：59】

「對不起，里緒菜，我的鞋帶鬆了，妳先走吧。」

伸明停下腳步，蹲下來重新綁上鞋帶。

「我等你。」

里緒菜也放慢速度，在距離伸明約2、3公尺的前方停下來。

嘟嚕嚕嘟嚕嚕。【收到簡訊：1則】。

【6／6星期日08：00　寄件者：國王　主旨：國王遊戲　本文：8個小時已到。現在開始計算，距離龜之首最遠的人，將處以窒息致死的懲罰。男生座號6號・大居勝利　END】

伸明面無表情，準備繼續開跑。但是，其實他此刻的心中，交雜著感謝和悲傷的情緒。他很想朝著勝利所在的本州，大聲吶喊「對不起，謝謝你救了我們」。

伸明抬起頭，發現里緒菜站在他面前，瞇著眼睛盯著他看。

「我早就發現啦，你利用綁鞋帶的機會偷看簡訊對吧！你到底在想什麼？」

「嗯？」

「你以為我不知道你在想什麼嗎？別把我當傻瓜！你為了預防萬一，故意讓我跑在前面，好讓自己成為最後那個人！」

「距離最遠的是人在本州的勝利啦。」

「不要裝蒜了！我來猜猜看，你心裡在想什麼。你擔心勝利已經死了，國王有可能不承認他是距離最遠的那個人，我沒猜錯吧？」

「妳想太多了。」

里緒菜的氣勢，突然弱了下來。

「你這個人，明明不懂得體貼女孩子……為什麼卻在這個時候……這個時候……」

「繼續跑吧，還有好長一段路呢。」

看著伸明往前跑去的背影，里緒菜忍不住掉下眼淚。

——如果你以為那樣做是為了我，那就大錯特錯了！要是你死在這種地方，傷心的人是誰？被留下來的那個人，心裡會好受嗎！

你以為這麼做，我會高興嗎？我一點都不希望變成這樣。

里緒菜從後面追上了伸明。

「你這個人最討厭了！你的任務就是跟我一起跑到終點！知道嗎？怎麼不回答？要是你又像剛才那麼做的話，我一定把你踹得哭爹喊娘！」

道路的左側是茂密的樹林，右側是湛藍的大海，前方則是蜿蜒曲折的公路。

每跑30分鐘就休息5分鐘，跑了一段時間就改用走的。兩人就用這種步調不斷地前進。

【12：05】

伸明和里緒菜跑完了馬見島，接著進入三田島。

越來越炙熱的陽光，把兩人曬得意興闌珊，體力也明顯下降許多。

「已經過中午了吧？」

「是啊。」

儘管呼吸開始變得窘促，兩人還是盡量保持吸吐、吸吐的律動。由於持續缺氧的緣故，指尖和腳尖開始變得麻木，運動機能和反應能力越來越低落。

「呀啊！」

里緒菜腳一軟便往前仆倒，手和膝蓋都拄著地面。她不發一語地看著自己脫皮的手心。

伸明伸出手說道：

「妳還好嗎？」

「嗯。」

「要不要休息一下？」

「不用啦，剛剛才休息過不是嗎？」

「不要逞強喔。」

「我不想成為你的負擔，而且……」

里緒菜攀住伸明伸出來的手，把自己拉了起來，繼續拖著右腳，撐著身子往前跑。

看到里緒菜的模樣，伸明也不知道該說什麼才好。

要是這時候說放棄，就真的再也跑不動了。里緒菜自己好像也很清楚這點。

「我們一起跑到終點吧。」

「說得倒輕鬆呢。」

伸明叫住跑在約3公尺前方的里緒菜。

「等一下，里緒菜，妳還是跑在我後面吧。」

「為什麼？」

「製造牽引氣流效應啊。我跑在前面，可以減少後方的風阻和空氣阻力。我想，這樣妳跑起來應該會比較輕鬆。」

「用不著這麼做。」

「妳必須保存體力才行！這樣才能跑到終點。要是我跑累了，就換妳跑前面，我們彼此合作吧！拜託妳，里緒菜！」

「……真、真是拿你沒辦法。」

里緒菜嘟起嘴，不情願地點頭答應。當她跑在伸明的後面時，心情似乎很不錯，那是過去從來沒有人見過的表情。

「幸好，我是跟你一起跑。」

「妳在說什麼！現在說這些話還太早，等我們跑到終點再說吧。」

「說得也是！不過你最好要有心理準備，因為我有很多話要說喔。」

「心理準備？聽起來有點可怕耶……」

伸明和里緒菜兩人相視而笑。雖然時間短暫，卻是很愉快的交流。

這一瞬間，他們彷彿領悟到，長途路跑需要的條件，好像不只是體力而已。

支撐勝利的力量是「怨恨和復仇的怒火」，但伸明和里緒菜的動力好像不一樣。

跑了好一會兒，里緒菜拿出手機，想確認時間。可是才一打開，就聽到像是簡訊鈴聲一樣的警告音響起。

接著，螢幕出現一段警告文字，下一秒畫面又變黑了。

「……電池沒電了。」

伸明憂心忡忡地環顧四周。

如果附近有民家的話，說不定可以充個電。可是放眼望去，根本連一棟房子也沒有。

仔細回想起來，打從進入三田島，好像就沒見過一戶民家了。

怎麼偏偏在這種地方呢……？如果是在市區的話，借充電器充電應該不成問題。伸明的肩膀懊悔地垂下。

「現在該怎麼辦？」

「妳等一下。」

伸明打手機給遼，說明了兩人現在的位置後，便詢問他附近有沒有民家。

「我們剛才應該也有經過那裡，那附近沒有看到民家。怎麼了嗎？」

「里緒菜的手機電池沒電了。為了預防萬一，我們想找民家充個電。」

「愛美她……嗶嗶……勝利也……嗶嗶……」

通話突然中斷，伸明的手機螢幕也變成了黑色。

「我的也沒電了嗎……」

大概是為了不讓里緒菜發現，伸明假裝若無其事地把手機放回口袋裡。

里緒菜憂心地問道：

「手機沒電，應該不會受到懲罰吧？」

「老實說，我也不知道。一找到民家，我們就馬上充電。馬見島雖然人煙稀少，不過還是有住人。剛才我問過遼，他說他們經過的地方沒有看到民家。」

伸明神情嚴肅地說道：

「可是現在回馬見島的話，會浪費許多時間，距離也會拉長。說不定繼續往前跑，會遇到民家。妳覺得我們要往前跑，還是要回頭？」

里緒菜不假思索地回答道：

「當然是繼續往前啊！里緒菜的字典裡，可沒有回頭這兩個字喔！」

「那就這麼決定了，我們快跑吧。」

在不確定手機沒電是否會受到懲罰的情況下，兩人抱著忐忑不安的心情繼續跑著。

不過令他們擔心的，還有另一件事。

現在的時間已經過了中午，但是因為手機沒電，所以無從得知正確的時間。

然而可以確定的是，下次進行懲罰的時間是下午4點。

伸明和里緒菜跑過了三田島，又繼續往三田上島挺進。這段路程中，完全沒有發現任何民家，手機也依然處於沒電的狀態。

伸明邊跑邊用沉重的語氣說道：

「我想差不多快到4點了……現在得做出決定才行。」

里緒菜沒有理會伸明，假裝沒聽見他說的話，因為她很清楚伸明想說什麼。

「我們來決定，誰要跑後面吧。」

「……就這樣跑吧。我們從剛才就一直維持這個樣子不是嗎？」

「這怎麼可以呢。」

里緒菜一反常態地嗆了回去：

「不要一直跟我講話，這樣我會分心啦！」

「為了公平起見，我們用猜拳的方式，決定誰先誰後吧。」

「你是不是哪根筋不對勁？這麼重要的事情，居然要用猜拳決定？當心我敲你的頭喔！」

伸明停了下來。

「用猜拳決定吧。」

里緒菜也停了下來。她的臉朝下，肩膀微微地抽動著。

「不是說好要一起跑到終點嗎？你說要一起的……騙子、大騙子！」

「對不起。」

「你以為說一句對不起就可以解決嗎！」

「來猜拳吧，一次定勝負。誰也不能怨誰，而且也沒有下次了。」
「好吧，我知道了！反正只要公平就行了，對吧？到時候你可別又說『不算』喔！」
「不會的。」
伸明搖頭說道。他和里緒菜兩人同時出了拳。
伸明是剪刀、里緒菜是布。才猜一次，就分出勝負了。
里緒菜看著自己的手，喃喃地說道：
「也許……這樣反而比較好……這樣的話……」
「由我墊後，就這麼決定了。」
「……你說什麼？不是輸的人跑後面嗎！」
「猜拳贏的人決定，一般來說不都是這樣嗎？」
「你設計我！」
「不，打從一開始，我就決定要這麼做了，所以我沒有任何怨言……」
突然間，里緒菜毫無預警地往伸明的胯下踢去，伸明表情痛苦地發出呻吟。
「……怎、怎麼可以這樣……彈額頭就可以了吧……」
「少囉唆！對付不守信用的人，就是要這樣！」
里緒菜無視於蹲在地上的伸明，從他身旁經過，往剛才來的路跑去。
「你這個傻瓜！這樣做里緒菜一點也不會開心！為什麼你就是不瞭解呢！」
「妳要去哪裡？」

「用不著你管！」

【15：56】

伸明忍著劇烈的痛楚，拼命追趕里緒菜。

「不要追過來！」

大概跑了100公尺之後，伸明終於追上里緒菜。伸明揪住里緒菜的衣角，將她拉到身邊。

「放開你的髒手！」

「是我不對！請妳停下來好嗎？我求求妳！」

里緒菜背對著伸明，萬念俱灰地一屁股坐在地上。過了一會兒，她回頭看著伸明，眼睛紅通通的，淚水在眼眶裡打轉。

「你之前的女朋友，是什麼樣的人？」

「都這時候了，還問這些做什麼？」

伸明擔心時間快到了，想要繞到里緒菜的後面。

「不要動！我就是想知道她是什麼樣的人，所以才會問你啊！不行嗎？我很納悶，這世界上誰會喜歡你這種人。她到底看上你哪一點？

我好想認識她。我想她一定受了很多委屈吧。……以後要當你女朋友的人，都必須經過我的同意才行。條件沒有比我好的女孩子，我是絕對不會答應的。」

「條件比妳好的女孩子？這個條件太嚴苛了。」

「我會永遠記得在海邊的回憶。以後，你要多瞭解女孩子的心思才行。我也很想繼續跟你跑下去。對不起，成了你的包袱。不能陪你跑到終點了，對不起。我只是想跟你再……多點時間相處……」

里緒菜的淚腺像是失控了一般，不停地流出淚水。

「早知道就不該跟你成為好朋友的！討厭死了！」

伸明趁這個時候，從坐在地上的里緒菜身旁跑過去。

「你要做什麼？」

「對不起。」

「拜託你……不要再折磨里緒菜了好不好。」

里緒菜像是用爬的一樣，拼命地追著伸明。

「妳放心，我不會死的！」

伸明在距離20公尺的地方停了下來，對里緒菜大喊道。

「你哪來這麼大的自信？根據呢？接下來，班上的同學會很需要你啊！不要把我一個人留在這裡啦……」

「在之前的國王遊戲中，我殺了我女朋友，全班就只剩下我一個人活著。從時間上來看，命令4該受到懲罰的人應該就是我，而且這是最後一個了。所以，妳只要專心地跑到終點就行了。只要跑到終點，就不會受罰了。」

「可是，我就是跟著你才能跑到這裡的啊！我一個人無法跑下去啦！」

「誰說的！妳一定可以辦到的！」
說完，伸明又背對著里緒菜，繼續往回頭路跑。

【6月6日（星期日）下午4點0分】

遼按捺不住心中的悲傷，抓著離他最近的理奈的手，忍不住放聲大哭。

「理奈，班上的同學一個個都死了！」

「不要哭哭啼啼的，遼！你是男孩子耶！」

「可是、可是……」

「你不是早就知道會這樣嗎？這是愛美的決定！是愛美的遺願！我們要尊重愛美的意思！」

彩把手搭在遼的肩膀上，輕聲說道：

「跟愛美分開的時候，我們不是答應過她了嗎？你還記得我們做了什麼約定吧？」

「我當然記得……」

「既然這樣，我們就應該遵守諾言，不是嗎？」

遼不發一語地打開手機，查看收件匣裡的簡訊。

【6／6星期日16：00　寄件者：國王　主旨：國王遊戲　本文：16個小時已到。現在開始計算，距離龜之首最遠的人，將處以窒息死亡的懲罰。女生座號29號・村角愛美　END】

愛美和優奈、遼、彩、理奈他們道別之後，又沿著原路往回跑。她的用意是要當最後一個。

三田上島的外型是橢圓形。

往回跑的愛美並沒有遇到伸明他們。因為伸明和里緒菜是沿著島的東岸前進，而愛美則是往另一個方向，也就是沿著西岸往回跑。

愛美看到簡訊後，鬆了一口氣。

「幸好趕上了。大家要繼續加油喔，我好累，再也撐不下去了……」

愛美自言自語地說著。突然間，她的身體重重摔落在柏油路上，聲音聽來是那麼的沉悶。

現在活著的人，就只剩下伸明、優奈、拓哉、遼、奈津子、彩、里緒菜，還有理奈這8個人了。

倖存的這幾個人，從不同的路線，一同朝最後的目的地龜之首開始衝刺。

幾分鐘之後，所有人都收到了一則簡訊。

【6／6星期日16：03　寄件者：國王　主旨：國王遊戲　本文：確認服從　END】

伸明凝視著漸漸沒入水平線的夕陽與大海，內心感到萬分不解。

很明顯的，時間已經過了下午4點，可是，他的身體卻沒有出現異狀。懲罰的事怎麼了？

難道他不用受罰嗎？

這麼說來，受罰的應該是另有其人了。那麼，那個人又是誰呢？

要是可以打手機的話，就能掌握現在的情況了，偏偏手機卻沒電，伸明感到懊惱不已。

伸明決定繼續往前跑。

大約跑了2分鐘，便看到里緒菜蜷曲著背，坐在道路中央。自從和伸明分開之後，里緒菜就一直留在原地不曾移動。

看到伸明走近，里緒菜緩緩地抬起頭。她默默地起身，不發一語地拉起伸明的手，握在自己的手心。

這個動作像是在發誓，再也不讓你離開身邊了。

里緒菜的態度轉變，讓伸明感到十分驚訝。

因為按照里緒菜的脾氣，當她看到自己的時候一定會怒罵「你這傢伙！」，然後對他一陣拳打腳踢才對。

里緒菜的反應完全出乎意料之外，不過卻很可愛。

「我們繼續跑吧。」

里緒菜認真地點點頭，然後拉著伸明的手，渾身充滿力量地往前跑去。

夕陽已經完全下山了，周圍也變得一片漆黑。這時候，他們突然發現前方有民宅的燈光。

「看到了！」

伸明喜出望外地叫出聲。拜託讓我們充個電吧。伸明跑到民家門口，急切地敲著門。因為沒有人回答，於是他把門稍微推開了一道縫。

玄關處擺放著好幾雙鞋子，屋子裡傳來吵雜的談話聲。

那是優奈、遼、彩、理奈4個人，以及一對老夫婦說話的聲音。

理奈發現站在玄關處探頭張望的伸明，開口說道：

「愛美要我們傳話給你，她說：『在公園罵你的那件事，一直沒機會向你道歉，對不起。

謝謝你為我加油打氣。這是我贖罪的機會，就當作是對你報答吧。』」
聽到理奈這番話，伸明終於明白，為什麼他沒有受到處罰的真正原因了。
然後，他喃喃自語地說：
「愛美……妳真是太傻了。」
理奈則高聲地回話：
「還說她傻呢！那你呢？就只會逞英雄！結果咧？現在看到你的臉、聽到你的聲音，就連跟你對話，都讓人火冒三丈。」
里緒菜拿起擺放在玄關處的鞋子，朝理奈扔了過去。
「妳自己又好到哪裡去了？長相醜陋的女人，連心都醜陋得要命！」
「妳扯到哪裡去了！那根本是兩回事好嗎！」
「不要在這裡吵架，這樣會浪費力氣的。」
伸明試著勸架。里緒菜和理奈卻不約而同地看著伸明，異口同聲地嗆道：
「你以為我們是為了誰在吵架？」
現場的火藥味越來越濃，在這樣的氣氛下，遼走到伸明身邊，打開一則簡訊給他看。
【6／6星期日16：03　寄件者：國王　主旨：國王遊戲　本文：確認服從　END】
「你知道這則簡訊的意思嗎？」
「大概是4點3分的時候，有人先一步抵達了龜之首廢墟。以每6分鐘1公里的速度跑的話，不是不可能辦到。」

「如果不是奈津子，那就是拓哉吧……我們最後會變成怎麼樣呢？原本班上有31個人，現在就只剩下我們8個了。」

伸明蹙起眉頭。

過去這段時間，他一直為瑣事煩惱，所以遲遲沒有察覺到，33年前的夜鳴村和之前班上的人數，都是32人。也就是說，過去的國王遊戲都是32個人在玩，可是這次的班級卻只有31人，少了1人。

這裡面是不是藏了什麼文章？還是我想太多了呢……？

理奈突然大聲吼叫：

「我不想再跟你們在一起了！我要先走。還有，這是我的充電器。」

理奈從插座拔下充電器，沒向老夫婦道謝便跑了出去。

「那個女的在發什麼神經啊？」里緒菜罵道。她和理奈的關係，就像貓和狗一樣水火不容。

伸明皺起眉頭。為了保險起見，他問那對老夫婦，家裡是否有手機的充電器。

「我們家沒有手機呢。」

果然，伸明和里緒菜還是無法為手機充電。

剩下的5個人向老夫婦道謝之後，起身準備離開。兩老送一行人到門口時，老婆婆突然用細弱的口吻對他們說道：

「有個古老的傳說，據說很久以前有一隻會吃人的殺人龜。某天，殺人龜命令村民，獻上家中的小孩當活祭品，後來村民決定殺了那隻瘋狂的殺人龜，但是最後，除掉殺人龜的，是一對男孩跟女孩。

女孩先是喝下了大量毒藥，跑到殺人龜面前，打算讓自己被吃掉，殺人龜看到女孩楚楚可憐的模樣，便一口將女孩吞進肚裡，結果殺人龜就中毒了，在牠痛苦掙扎之際，躲在一旁的男孩衝了出來，斬斷了殺人龜的頭，但是男孩也在搏鬥中死去了。

過去在戰時，龜之首那裡還曾經進行過毒氣的人體實驗。那段歷史真是令人痛心疾首啊……」

「您怎麼突然說這些呢？」

「只是看到你們幾個年輕人，讓我突然想起那些很久以前的事罷了。」

說完之後，老夫婦便像雲霧般消失了蹤影。

伸明一行5個人，繼續在沒有鋪柏油、路面凹凸不平的蜿蜒道路上前進。沿途連一盞路燈都沒有，月光則是隱沒在雲層後方。他們幾乎看不清楚腳下的路面，四周的環境就更不用說了。

一路上，伸明有好幾次絆到石頭，整個人差點撲倒在地。

如果是白天的話，應該就可以看到龜之首吧。就快到了。

伸明這樣告訴自己。

跑了一會兒，在前方幾公尺遠的地方發現兩名並肩跑著的背影。伸明跑上前確認，是拓哉和理奈。

拓哉的右腳受了傷，現在只能拖著腳，勉強前進。伸明走上前，用手觸摸拓哉的腳踝。那個部位腫了起來，還熱熱的。伸明的手碰到痛處，拓哉痛得直咬牙，臉上表情因此扭曲不已。

拓哉的視線從伸明的身上移開。

「你一定都聽說了吧！想問什麼就問吧！」

「勝利昏過去之後又醒來，帶著滿身的傷痛，奮不顧身地往前跑，有好幾次幾乎都快要倒下了。你知道他是抱著什麼樣心情在跑嗎？你能夠想像嗎！」

「我、我哪知道啊！我自己也累得跑不動啊！」

「……真是悲慘，結果你也得到報應了。……勝利死掉的事，你聽說了吧？」

拓哉不屑地哼了一聲，臉上露出嘲諷的笑容。「是勝利自找的，不是我的錯。」

伸明再也壓抑不住內心的怒火，瞪著拓哉大罵道：

「這話可是你說的喔！依你現在的情況，也和勝利差不多！不，也許你的條件比勝利還要有利呢。」

伸明跑進樹林裡，不一會兒，手上拿著一截粗樹枝走出來，把它交給拓哉。

「拿這個當枴杖吧。讓你跟他處於相同的情況，也許你就能體會勝利的痛苦了。」

「你拿這根樹枝給我做什麼？我又跑不動！」

伸明沒再多說什麼，不吭一聲地就跑走了。其他人則像是被伸明吸引住一般，紛紛跟在他後面，就這麼跑走了。

「救救我啊，伸明！不是說好要互助合作嗎！怎麼可以棄我於不顧呢！」

【6月6日（星期日）晚間11點0分】

前方不遠處，有一塊看起來飽經風霜的破舊路標。伸明調整好呼吸後，看了一下路標上面寫的文字。

【龜之首廢墟⇒】

箭頭所指的方向，是險峻的山路。一道長長的階梯，沿著傾斜的峭壁，一路通到山岩頂。

伸明失望地問道：

「你們有誰……知道這條山路該怎麼走嗎？」

「我只聽過龜之首的地名和位置，可是從未來過……奈津子那傢伙簡直就是妖怪嘛！」

彩沮喪地垂下肩膀。伸明打起精神，用充滿自信的口吻向大家喊話：

「還剩下1個小時！大家要加油啊！」

伸明往上爬了5、6階之後，回頭看著遠方。里緒菜看到伸明的舉動，開口問道：

「你在擔心拓哉嗎？那種自私的傢伙，不要管他了！」

拓哉伸手拿起伸明要給他當枴杖的那根粗樹枝。

……要是不跑的話就會死。可是我現在這副模樣，怎麼跑呢？之前說好要互相幫忙的，所以我相信伸明一定會同情我的遭遇，回頭來救我。反正，跑不到終點也是死，不如待在這裡等伸明來救我。好，就等吧。

拓哉毫不猶豫地把粗樹枝折斷。

伸明瞇起眼睛，看著里緒菜說道：

「拓哉輸給自己了，他已經不跑了。」

里緒菜一臉納悶地側著頭。伸明的視線從她臉上移開後，繼續往上爬。

路面非常狹窄，兩旁長滿了茂密的灌木。伸明的骨頭關節不停地發出抗議聲，不過他還是咬緊牙關，以堅強的意志力一步步往上爬。右腳、左腳、右腳、左腳，每一個步伐，都是那麼堅定有力。

爬了大約5分鐘之後，隊伍漸漸分成幾個小組。里緒菜和理奈速度落後，優奈超前。過了15分鐘後，變成了優奈和彩領先，伸明和遼在中間，里緒菜和理奈墊後。

理奈邊爬邊對里緒菜說道：

「剛才不該對妳大聲說話的，對不起。因為我真的很生氣，所以……」

「沒關係啦，我原諒妳。」

「我問妳喔，妳是不是喜歡伸明？要不然妳怎麼會那麼情緒化？」

「99.999%不可能！就像我不可能愛上微生物一樣！我們兩個就像月亮和水蚤！」

「這個比喻也扯太遠了吧，什麼水蚤……脾氣太硬的話，吃虧的是妳自己喔。談戀愛就是要直率、坦然才對啊！」

「嗄？那妳跟他交往看看啊，保證妳會被壓得喘不過氣來！」

「戀愛中的女人真是不好惹。」
「妳欠揍嗎？」
「對不起……反正我們兩個是半斤八兩。不過偶爾像這樣鬥鬥嘴，也挺不錯的。」
「是嗎？我怎麼一點都不覺得。」
20分鐘後，里緒菜和理奈追上了遼。里緒菜看了一下四周之後，開口問遼：
「那個人呢？伸明呢？」
「喔，他剛剛還在。大概是跑到前面去了吧……」
「喔，那就好……不過，他該不會……該不會……遼！你馬上打手機給優奈或彩，看看伸明有沒有跟她們在一起！」
遼先打給優奈，說了幾句之後便掛斷電話。
「她說伸明不在那邊。」
里緒菜不安了起來，焦急地抓著頭髮。
——又讓我擔心！下次非用項圈套住你不可。真是的，拜託不要出事啊……

伸明抓住樹幹，藉此撐住自己身體的重量。
「……饒了我吧，夜鳴村那次也是，我已經受夠山路了！簡直是整人嘛！」
前面已經無路可走了，視線也被濃密的草叢和樹林所遮住。
伸明為了掌握跑在前頭的優奈和彩的狀況，加緊腳程往前追，不料卻在中途迷了路。伸明懊惱地皺著眉頭。
——只要用跑的，一定就能追得上。辦法是人想出來的。
伸明撥開前方糾結的樹枝和雜草，加速往前跑。不過，迷路的人不光是伸明而已。
優奈和彩懊惱地站著，然後優奈拿起手機打給遼。
「我們好像迷路了，你要小心喔！我們馬上往回走。遼，你現在在哪裡？」
『妳問我在哪裡……周圍都是樹木，視線全被擋住，根本不知道是哪裡啊！』
「我覺得不太對勁，晚點再打給你好了。」
優奈掛斷電話後，抬起頭看著眼前的景象，不由得一陣毛骨悚然。一座防空洞張著大口對著她們。陣陣陰慘的怪風吹過防空洞，發出低沉的嗡嗡聲。
手機鈴聲響起。遼打開手機查看簡訊。
【6／6星期日23：31　寄件者：國王　主旨：國王遊戲　本文：確認服從　END】
「已經有人抵達龜之首廢墟了。」
「給我看！」
里緒菜從遼手中搶下手機，盯著螢幕畫面。
「這樣最好，里緒菜就知道你辦得到。你在那裡等著，我們馬上趕過去。」
里緒菜深信不疑。她認為抵達龜之首廢墟的人，就是伸明。

伸明的眼前是一座破舊的老建築，牆壁因為受到嚴重風化而呈紅黑色。從側面望去，整面牆壁一直往前延伸。建築物的規模之大，讓人無法一眼看盡全貌。

伸明發現，在頭頂上方約20公分的位置有扇窗戶，於是跳上去用手攀住窗緣，把自己向上撐起，然後往建築物裡面窺視。

地上有一台螢幕破損的映像管電視、一座彈簧外露只剩下骨架的破沙發，還有一輛少了前輪的自行車。另外，其中一面牆上還掛著大日本帝國的陸軍軍旗。

牆壁的角落，則是有樹根鑽出地面、四處蔓延。

「我已經到抵達龜之首廢墟了嗎？」

伸明在建築物裡面四處查看，最後走近一個跟人差不多一樣高，看起來像是隧道的洞口。入口的牆面上還用褐色的油漆寫著【ＭＡＧ３】。

伸明走過那條處處龜裂、牆面焦黑又斑駁不堪的通道後，映入眼簾的是一個巨大的圓錐狀物體，旁邊有另一棟廢棄的建築物，門牌上寫著【第3毒氣研究室】。

伸明走近廢墟，用顫抖的手指觸摸門牌。他的腳一跨進房間，便立刻看到左邊的牆上畫著應該是指標的圖示。

【第二病房300↓　毒氣製造工廠200↓　芥子氣儲藏室250↓　↑發電所100　↑所長室500　←北部大砲台200　女生動員學徒室200　←安置所600】

伸明往後倒退一步，卻發現腳下好像踩到一團軟軟的東西。低頭看去，是一套燒焦的防護衣。

「沒錯，這裡就是龜之首廢墟。」

「我之前已經先巡視過一圈了。這個地方很令人作嘔，天黑之後更恐怖。不過，你還真有本事，居然能找到這裡，沒有迷路嗎？」

背後突然傳來令人厭惡的聲音，伸明背對著那個聲音回答道：

「雖然中途曾經迷路，不過我在荒煙蔓草中繼續前進，最後總算抵達了。」

「拼命三郎的跑法好像還挺管用的。」

伸明回過頭，看到奈津子正嘻嘻嘻地竊笑著。她繼續說道：

「被燻黑的牆壁，是當年為了消除毒性時，用噴火器燒過的痕跡。那些應該是人體實驗室的病房，現在都變成焦黑的廢墟了。這個地方過去可是死了好幾千人呢，你不覺得這裡很適合作為國王遊戲的終點站嗎？其他人都是多餘的了，反正他們在山裡迷了路，根本不可能在時間內趕到這裡。」

奈津子的這番話，讓伸明感到怒不可遏，一個念頭同時閃過他的腦海。

他懷疑奈津子可能對路標動了手腳，故意讓其他人迷路……

「看你的表情，好像猜到我做的事了……」

「妳這傢伙老是要這些陰險的手段。」

「優奈、拓哉、遼、彩、里緒菜、理奈他們6個人，有幾個能找到這裡呢？」

「虧愛美還要我轉告妳，要妳『加油』呢。」

「無聊。」

「妳不要高興得太早了，一定還會有人抵達的。」

「那可真是期待呢。」

伸明的手機突然恢復電力，螢幕也亮了起來。畫面的右上角顯示的時間為【23：51】，可是下一秒電力又消失了。

「告訴我通往龜之首廢墟的入口。」

「在前方200公尺往右轉的地方。雖然你去了也不能改變什麼，不過，為了獎勵你這位好好先生丟下伙伴，率先抵達廢墟的自私行為，我還是決定告訴你好了。」

大家一定會找到這裡，到時候，我要用笑臉迎接他們，跟他們說「辛苦了」。

於是，伸明往龜之首的廢墟入口走去。

四周一點聲響也沒有。伸明獨自來到僻靜的山路小徑入口。他望著面前那條細長、寬度僅3公尺、兩旁被落葉樹包圍的狹窄山徑，緊握拳頭站在原地，等待其他人出現。此時的天色已經完全暗了下來，完全看不清山路的狀況。

伸明決定走下去看看。就在踏出去的瞬間，他在黑暗中聽到了手機鈴聲。

伸明大喊道：

「誰在那裡？有人在的話，就快回答我！」

「是我，理奈！」

「遼、里緒菜、彩，還有優奈呢？」

沒有人回答。伸明趕緊沿著山路往下跑，才跑了5秒左右，就遇到了理奈。

「哈、哈……」理奈氣喘吁吁地跪在地上。伸明把手放在她的肩膀上，擔心地看著理奈的背後，迫不及待地問道：

「已經沒事了。真是辛苦妳了！其他人呢？」

「……一時腳滑……掉到山崖底下了。」

「嗄？不可能全部都掉下去吧？是誰掉下去了？」

「優奈……我丟下優奈，自己跑來了。我根本救不了她，對不起！」

理奈說自己原本想去救跌落山谷的優奈，可是試了好幾次還是徒勞無功。因為優奈掉下去的地點是一大片垂直斜面，不但視野差，而且幾乎找不到立足點，一不小心，就連理奈自己也有可能會摔下去。

「我正在猶豫要不要去救優奈的時候，拓哉突然來電。他在電話裡罵說『為什麼不來救我？為什麼對朋友見死不救？』，我沒有聽完，就把通話掛斷了……」

理奈內心一定很自責吧。

〝我是冷血的女人。我對拓哉和優奈見死不救。〞

「我好痛苦……」

理奈喃喃自語著。她用手擦拭眼淚，然後突然站起身，沿著山路跑走。

那些來自想救也救不了、還有被伙伴遺棄的人的吶喊——

『為什麼不來救我？為什麼對朋友見死不救？』

此刻伸明突然有種錯覺，這些話彷彿是拓哉透過理奈，在向他控訴。

理奈的背影消失後，伸明扯著喉嚨大聲嘶吼。

「遼──！里緒菜──！彩──！」

沒有人回答。只有伸明的吶喊聲在幽暗的山谷裡迴盪著，而且聲音聽起來充滿了絕望和哀傷。

求求你們回答我……伸明緊咬著下唇，哀嚎著。

這時，遠處傳來一陣非常微弱的聲音，如果不仔細聽一定會錯過，不過伸明聽見了。

「叫里緒菜的時候，怎麼叫得那麼傷心？你就那麼喜歡里緒菜嗎？」

這次，聲音比剛才清晰多了。

「啊！」伸明拉長了脖子，「除了里緒菜之外，還有其他人嗎？」他大聲喊道。

「還有遼和彩。」

伸明臉上露出難得的笑容，三步併作兩步往聲音的方向跑去。

此時，呈現在他眼前的畫面有點奇怪。

遼背著彩，一步步往上爬；墊後的里緒菜則是用雙手，從下面推著彩的背部前進。她這麼做，大概是想減輕遼的負擔吧。

遼和里緒菜兩人全身傷痕累累，彩也是一臉慘白，似乎是昏過去了。

里緒菜從彩的後面探出頭，說道：

「彩昏過去了，很可能是貧血或是脫水造成的。」

為了帶昏迷的彩一起抵達終點，遼和里緒菜卯足了勁，一路互相扶持。

「我盡力了，不過這種時候男生本來就應該幫助女生對吧……」

個頭嬌小，手和腳都跟女孩子一樣纖細的遼，兩腳吃力地顫抖著，彷彿腿上的肌肉都快要剝離了似的。

「辛苦了！真的辛苦你們了！」

「當然囉，好歹我也是帥氣的男子漢，怎麼能輸給伸明呢……」

遼對伸明露齒微笑。下一刻，彩都還沒放下來，遼就倒在地上了。

伸明趕緊上前把彩放下，然後幫遼翻過身。

「遼，你還跑得動嗎？」

「嗯。」

「里緒菜，遼就拜託妳了！」

這次換伸明把彩馱在背上。里緒菜把遼扶起來，看了看周邊的環境之後說道：

「現在幾點了？」

「里緒菜，先不要管時間了！能跑盡量跑！時間應該沒剩多少了。」

此時，遼的手機傳出簡訊的鈴聲。

【6／6星期日23：58　寄件者：國王　主旨：國王遊戲　本文：還有60秒　END】

距離龜之首廢墟還有20公尺。

【6月6日（星期日）晚間11點59分】

奈津子突然出現在他們4個人面前。

「你們還真有本事，居然能找到這裡。真是傷腦筋，我該怎麼處理你們呢？」

「不要擋路。閃開，奈津子！」

「我不會讓你們通過的。」

「叫妳閃開聽到沒有！我們沒時間跟妳瞎耗了！」

「喂、你做什麼？」

伸明不理會奈津子。他低頭背著彩，用兩個人的重量，像鬥牛般以肩頭的部位衝撞奈津子的胸口。

「誰也別想擋路！遼、里緒菜！趁現在快跑！」

被撞飛倒地的奈津子，連爬帶滾地緊抓住伸明的右腳踝。

「妳怎麼這麼難纏啊！」伸明怒目瞪著奈津子。他舉起右腳，狠狠地將她的手甩開，然後用鞋跟猛力踩住她的手。

「呀啊啊啊啊啊啊！」

奈津子發出痛苦的哀嚎，她因為疼痛而弓起了背，把右手指含在嘴裡。

遼和里緒菜瞥了奈津子一眼，趁機跑過她身邊，伸明緊跟在後。

伸明一邊跑一邊回頭看著倒臥在地的奈津子。

——誰叫妳要妨礙我們！我一定要讓他們3個趕上時間。雖然為了這次的命令……沿路發生了那麼多事，不過，這是最後關頭了。

伸明的速度略微落後。原本被里緒菜攙扶的遼，此時突然推開里緒菜，獨自往前跑。

「我要變成強者。我希望能得到伸明和輝晃的認同！我要當男子漢！」

聽到遼的吶喊，里緒菜認真地回應道：

「遼，你是為了得到別人的認同，所以才這麼努力嗎？真是膚淺。你應該要為自己努力才對呀！」

「我就是渴望得到別人的認同嘛！」

遼和里緒菜咬著牙，繼續一步步往上爬。龜之首的廢墟就在眼前了。

「開什麼玩笑！」

伸明的吶喊在遼和里緒菜的背後迴盪著。不一會兒，遼和里緒菜終於爬完山路。一抵達山頂，兩人便累癱了似地躺在地上，一面望著夜空，一面劇烈地喘氣。

「我……不想再跑了。」

「我也……不想跑了……感覺好像跑了一輩子的份呢。現在只剩下那傢伙和彩了……」

嘟嚕嚕嘟嚕嚕。【收到簡訊：2則】。

【6/6星期日23：59　寄件者：國王　主旨：國王遊戲　本文：確認服從　END】

從遼的手機看到確認服從的簡訊後，里緒菜緊張地站了起來，朝周圍四處張望。

「咦？那傢伙呢？……遼，那傢伙……伸明呢？伸明在哪裡？他跑到哪裡去了！」

「在里緒菜的後面……」

「我在妳後面……」

聲音從距離里緒菜大約1公尺遠的暗處傳來。

「你、你什麼時候……！既然到了就說一聲嘛，真是的！」

里緒菜深深地嘆了一口氣，肩膀也放鬆了下來。

「妳和遼抵達沒多久，我就到了。」

伸明喃喃地說道。他的背上馱著彩，神情非常嚴肅，也沒有坐下休息。從他臉上看不到抵達終點的喜悅。

嘟嚕嚕嘟嚕嚕。【收到簡訊：1則】。

【6／6星期日23：59　寄件者：國王　主旨：國王遊戲　本文：確認服從　END】

——你怎麼了？伸明，我們好不容易跑完了耶……

里緒菜帶著溫暖的微笑，對伸明說道：

「太好了……伸明，謝謝你一路陪我們跑到最後，真的……看來，我不需要用項圈把你套住了。」

伸明巡視著四周，好像在找什麼人，表情有點緊張。里緒菜繼續說道：

「你一定很累了吧？把彩放下來，好好休息吧。你和彩黏得太緊了啦！你知道嗎……人家已經跑完全程了耶。該怎麼說呢，我的意思是……是……」

可是，伸明卻好像無視於里緒菜的存在，語氣凝重地開口問遼：

「服從確認的簡訊有幾則？你趕快確認一下。」

里緒菜感到沮喪不已。遼從伸明的表情察覺出情況的嚴重性。他嚴肅地點點頭，打開手機確認。

「……有5則。」

伸明不祥的預感變成真的了。

「奈津子、我，還有目前在現場的遼、里緒菜、彩。少一則……還少一則……」

這時候……嘟嚕嚕嘟嚕嚕。【收到簡訊：1則】。

【6／6星期日23：59　寄件者：國王　主旨：國王遊戲　本文：因為沒有服從國王的命令，所以處以吐血而死的懲罰。女生座號10號・小林優奈　男生座號12號・坂本拓哉　女生座號28號・南理奈　END】

現場頓時陷入鴉雀無聲的靜默。伸明凝望著前方的黑暗空間，前方也用深不見底的黑暗回望著伸明。

「理奈受到懲罰了。是妳做的好事吧！」

黑暗中傳出一陣充滿嘲諷的聲音說道：

「才不是呢。不要每次都誣賴我，說是我害的好不好？」

伸明從龜之首的廢墟沿著階梯往下跑時，第一個遇到的人就是理奈。所以照道理，理奈的時間應該很充分。伸明確信，理奈只要多走幾步就能抵達目的地。

「為什麼理奈沒有在這裡呢？妳是不是知道什麼？快說啊，奈津子！」

「理奈問我說：『我丟下優奈和拓哉，妳對我有什麼看法？』因為她又說了一大堆有的沒的藉口，所以我就跟她說：『妳真是一個卑鄙又冷血的女人。』結果，她就像是舌頭被剪掉的麻雀一樣，咿咿嗚嗚地哭了起來，然後轉頭就跑掉了。虧她差一點就抵達終點了呢。」

現場一片寂靜，伸明吞嚥口水的聲音清晰可聞，然後他把彩從背上放下來，讓她平躺在地上。奈津子則繼續說道：

「理奈還說：『優奈跟我問過好幾次，說為什麼我不救她？為什麼要對她見死不救。』死掉的人怎麼可能問她這些呢？理奈那丫頭真是腦筋有問題。」

此時風突然停了下來。下一秒，黑暗中傳來理奈淒厲狂亂的尖叫。音頻之高，簡直都快把耳膜穿透了。躲在樹林裡歇息的鳥兒們，也受到淒厲的叫聲驚擾，啪颯啪颯地飛了起來。

「那個時候，我沒有多花點時間跟她說話……理奈一定在等我們，她一定也很擔心，不知道大家能不能平安抵達目的地。」

在即將抵達山頂前，伸明踩了奈津子的手之後往前跑，就在他大喊「開什麼玩笑」的時候……

理奈就站在山路下方的茂密樹叢裡。她的心情五味雜陳，臉上充滿哀傷，可是，她還是用無限溫暖與關愛的神情，向伸明他們揮手道別。

——遼，你跑得比以前慢喔……

——里緒菜，談戀愛就是要坦然、直率才對啊。戀愛中的女人是很強悍的，絕不能認輸喔。

——彩，妳怎麼被伸明背著呢？發生什麼事了？我好擔心啊。

——伸明，大家就拜託你了。對了，還有里緒菜……你要好好照顧里緒菜喔。

看著伸明他們抵達終點之後，理奈獨自一人消失在山裡。

現在還活著的人，只剩下遼、伸明、奈津子、彩，以及里緒菜5個人。

伸明和奈津子兩人處於對峙的僵局，誰也沒有移動半步。

嘟嚕嚕嘟嚕嚕。【收到簡訊：1則】。

【死亡6人、剩餘5人】

命令5

【6月7日（星期一）午夜0點0分】

奈津子闔上手機後，神情愉快地說道：

「理奈受到懲罰可不是我害的喔？下一道命令不知道是什麼？會不會是最後一道命令啊？你說呢？伸明。」

「妳……妳這傢伙……」

話說到一半，伸明突然癱倒在地。奈津子驚訝地瞪大雙眼。里緒菜衝上前將伸明抱在懷裡，讓他的頭靠在自己的膝蓋上，擔心地看著他。

她抬起頭瞪著遼，怒罵道：

「你在做什麼！」

「我要變成強者。我希望能得到伸明和輝晃的認同！我要當男子漢！」

「你在說什麼！為什麼要突然打伸明的頭呢！你瘋啦？腦筋壞掉啦？」

遼把剛才用來砸伸明頭部的石塊扔掉，然後把手機簡訊拿給里緒菜看。

「下一道命令，就是這個。」

【6／7星期一00：00　寄件者：國王　主旨：國王遊戲　本文：這是你們全班同學一起進行的國王遊戲。國王的命令絕對要在24小時內達成。※不允許中途棄權。＊命令5　全班同學各自切斷自己的身體，再把切斷的部位縫合起來，組成一個人體。切斷的部位要有頭部、軀幹、右手、左手、右腳、左腳。用幾個人的身體都可以。切斷的部位、以及切斷的數量由個

人決定。無法拼成人體形狀的話，全部的人都要受到懲罰。　END】

看完簡訊畫面的瞬間，里緒菜整個人僵住了。大約過了10秒後才回過神，然後瘋狂地發出尖叫聲。

「這是什麼命令！要把我們的頭和手腳全部切下來，重新組成一個人體？需要用黏膠嗎？要把某個人的手腳，接在另一個人的軀幹上嗎？我們又不是模型假人！做出一個死人的身體要做什麼！難不成還要幫這個人取名字嗎？還要我們必須自己切斷自己的肢體？那頭怎麼辦？這樣大家不是都會死嗎！連分屍案的凶手都會自嘆不如吧！哈、哈、哈……」

因為一口氣說完，使得里緒菜上氣不接下氣，愣然地站在原地。

遼也露出一副惶恐的表情說道：

「里緒菜……我可以把腳和手切斷……可是，這樣還是會有問題……」

「問題多著呢！你知道國王為什麼要我們自己切斷自己的身體嗎？因為把脖子切斷就會死！就不能動啦！」

「所以說，我一個人辦不到……只切斷一個人的話會不夠……」

遼一邊說一邊把視線投向躺在地上，已經昏厥過去的彩，里緒菜則是看著伸明。

此時，一個沉重的物體掉落在遼和里緒菜中間，打破了沉默的氣氛。那是一具沾滿灰塵、刀鋒嚴重鏽蝕的小型電鋸。

這大概是奈津子趁著遼和里緒菜爭執的時候找來的吧。奈津子用雙手拍掉電鋸上面的灰塵，然後指著不遠處的一間小倉庫說道：

「我也不知道這個還可不可以使用，不過我還是拿來了。倉庫裡還有大型的，但是，我想小型的比較好操作。只要拉一下啟動馬達，就可以確認有沒有故障了。」

遼舉起了電鋸。

「我之所以撐到現在，就是希望能幫上伸明的忙。輝晃和伸明為大家犧牲太多了……雖然我的能力有限，但是我也一直在等待機會，希望能為伸明做點什麼。現在，機會已經來了。」

「遼……你……」

遼的眼神變得渙散，大腿內側的褲子也逐漸滲濕。

他背對著里緒菜，泣不成聲地說道：

「對不起，我實在是太沒用了。妳想笑的話就儘管笑吧。」

「……里緒菜不會笑你的。我們每個人都很害怕，要是有人敢笑你的話，里緒菜一定會狠狠地揍他一頓。」

遼拉了一下啟動器，引擎頓時發出一陣「軋軋」的低吼聲。

「等一下！」里緒菜衝上前想阻止遼，可是遼卻把電鋸的刀刃對著她。

「不要過來，里緒菜！總得要有人犧牲才行，妳很清楚不是嗎？」

遼發現啟動器旁邊有個開關。他把開關扳到ON的位置，再一次試著啟動電鋸。

這次，發出轟轟的響聲、冒出一陣黑煙後，引擎成功啟動了。電鋸的刀刃迴轉速度非常快，害得遼差點穩不住身子。

遼再一次把身體的重心放在雙腳，舉起電鋸，接著伸出雙腳，毫不猶豫地坐下。

高速運轉的刀刃慢慢接近左腳的上部、接近大腿的位置。他緊緊地閉上眼睛。

刀刃接觸到褲子的瞬間，長褲的布料立即被捲起扯裂。

「我要當男子漢！我想要變得更像輝晃和伸明！」

遼突然睜大眼睛，看著伸明的方向。他是否在找尋為了伸明而犧牲的輝晃的幻影呢？

遼再次閉上眼睛，咬緊牙關。下一秒，高速轉動的刀刃陷入大腿柔軟的筋肉裡。遼的頭和臉冒出大量的汗水與淚水，浸濕了他的上半身。

電鋸的刀刃將大腿的肉撕裂，裂口處還噴出溫熱的鮮血。在刀刃的纏捲下，鮮血往四面八方大量飛濺。

遼的臉、手、上衣、褲子、甚至是地面，都染成了血紅色。他的頭萬分痛苦地左右搖動，嘴裡發出淒厲的哀嚎。

電鋸停住了，因為刀刃被強韌的大腿骨卡住。於是，遼把身體的重量壓在電鋸握把上，想要一鼓作氣把腿鋸斷。

「唔唔……咿咿咿咿！好……好痛啊……鋸不下去啊……啊啊啊啊啊……！」

大腿骨終於鋸斷了。遼的左腳完全脫離了他的身體。

「再不……快點的話……我會死……」

遼好不容易擠出聲音。他的臉因為痛苦而扭曲變形，汗水和淚水模糊了他的視線。

然後，遼毫不猶豫地把電鋸往右大腿靠近。

這回他不再用身體的重量去壓，而是把刀頭的部分朝下，直接插入。
「……不痛，這點小傷……一點都不痛啊——！」
血肉四處飛濺，看起來就像紙雪花一樣美麗。四周全被鮮血染成一片腥紅。
幾分鐘之後，遼的右腳也完全脫離了他的身體。
「右……右腳和左腳……都鋸斷了……」
遼看著地上的左腳和右腳，那是這些年來每天都跟著他的雙腳。如今，它們只是地上的兩塊肉，再也不聽他使喚了。
失去雙腳的遼，無力撐住自己的身體，上半身往後傾倒，兩眼望著天空。
大腿的斷面不停噴出鮮血。大概是血壓驟降的緣故，遼的意識陷入昏迷之中。
遼全身的血液流失了超過3分之1以上，出現出血性休克，幾乎喘不過氣來。
「手……還有手……」
遼吸不上氣，只能伴隨著吁、吁的雜音，斷斷續續地拼出幾個字。
「夠了！不要再繼續下去了！遼——！」
里緒菜哀求地呼喊著。雖然她想阻止，可是雙腿卻失去力氣，無法移動。
她的雙腳無法抑止地顫抖著，連一步都踏不出去。
「我……我會……繼續……撐……下去……」
遼以僅剩的力氣，用右手拿起高速轉動中的電鋸。
他咬緊牙關，發出「唔」的一聲，毫不遲疑地將電鋸朝左肩膀鋸下。血肉再一次隨著喀喀喀的電鋸聲朝四周噴濺。

因為肩膀的位置距離耳朵非常近，遼清楚地聽見肩肉被扯爛的聲音，再來是整隻手臂正被鋸斷的聲音。

「這樣……就可以更接近輝晃了……我要成為……男子漢……」

沒多久，左手臂從遼的身體脫落了。他的臉上露出虛弱的微笑之後，就不再有動靜了。

電鋸還在繼續高速轉動。空轉的鋸齒在地上顫動，下一秒，突然跳到遼的臉上。轉動的鋸齒無情地掘出遼的左眼，接著削掉鼻子和臉頰的肉，然後又彈回地面上。

遼的臉被削去大半，身體痛苦地在地上掙扎。

里緒菜被嚇得雙腳癱軟，跪倒地上。

「不要、不要、不要啊——！」

陷入半瘋狂狀態的里緒菜，驚恐萬分地往後退縮。

「真是辛苦了你啦，遼。」

奈津子按照順序，撿起遼的右腳、左腳、左手，擺放在遼的屍體旁邊，彷彿像是要把肢體拼湊成一個人體的樣子。

接著，她拾起還在運轉的電鋸，將刀刃對著里緒菜。

「接下來該怎麼辦呢？得把伸明和彩叫醒才行，不然這樣很難決定呢。」

「妳、妳不是人！妳根本不是正常人！我非殺了妳不可！」

「妳不是嚇得跌在地上嗎？連站都站不起來的人，還能做什麼？」

里緒菜的眼淚無法克制地流下。那是摻雜了悔恨、恐懼、憤怒的眼淚。

「救救我，伸明……」

「里緒菜也會喊『救救我，伸明……』？那個倔強、驕傲的里緒菜，居然會說這種話？沒想到妳還挺可愛的嘛……」

奈津子察覺到背後有人，警戒地回過頭去。彩一臉淚水地站在後面，她凝視著天花板，哽咽說道：

「奈津子，妳用那把電鋸殺了遼嗎？我饒不了妳！把遼還來……！把遼還來！」

彩憤怒地撲向奈津子，奈津子嘆了口氣，一副莫可奈何的表情。

「不要！彩！」里緒菜大聲制止。可是，不知道是不是因為沒有聽到，所以彩並沒有因此而停下腳步。

「不要阻止我！」

奈津子舉起電鋸用力揮動，在空中畫出一道弧線。

——啵咚。

彩用右手按住左側肩膀的頂部，鮮血從指縫間汨汨地滲了出來。

她的左手臂被鋸斷，掉到了地面。雪白纖細的指尖還抽動了一下。

「啊啊……啊啊啊啊啊！」

彩發出淒厲的慘叫，身體蜷縮成一團，用僅剩的右手抱住膝蓋。奈津子抹掉濺在她臉上的血跡。

「彩，妳知道這次命令的內容嗎？殺死遼的人不是我。妳還沒看手機吧？我來告訴妳好了。」

奈津子打開手機的簡訊畫面後，將手機丟給彩，結果掉在彩的腳邊。

「遼……是自己……鋸斷自己的……？」

看完簡訊的內容後，彩緩緩站起。她看著奈津子手中的電鋸，斷斷續續地說道：

「……國王……應該會幫我們報仇吧……電鋸給我……我要鋸斷我的頭……」

奈津子不相信彩的話。彩察覺出奈津子的疑慮，於是改用柔和的語氣說道：

「我說話算話……再說，總是要有人鋸不是嗎？就鋸我的頭吧。」

奈津子小心翼翼地把轉動中的電鋸擱在彩的腳邊，然後往後退了幾步，警戒地盯著彩。

彩舉起電鋸，朝遼的屍體和昏倒在地的伸明看了一眼。

——是他把中途昏倒的我背到這裡來的吧？雖然我的意識很模糊，可是我可以感覺到有人背著我。

雖然是個頭不高、有點靠不住的人，可是卻拼了命地背著我跑，還有一個身高比較高，背上很暖和……所以，應該是有2個人輪流背我來這裡的。而現在，背我來這裡的那2個人……都死了。

好奇怪……雖然走投無路了，可是我卻一點也不覺得害怕。是不是我以為死了就可以跟大家重逢呢？其實，我也想追隨大家一起去嗎？

彩舉起電鋸，將鋸齒朝自己的脖子靠近。

「遼、伸明……我馬上就去找你們了。里緒菜，對不起……奈津子，我恨妳。」
「我的確是個可恨的人。」
「不要，彩！不可以這麼做！動啊、快動啊！我的腳為什麼偏偏在這時候不聽使喚！你們怎麼這麼沒用！」
里緒菜用拳頭搥打著自己的大腿。
「對不起……」聽到彩說這句話的瞬間，里緒菜本能地閉上雙眼。
這一刻，電鋸的引擎聲聽來格外恐怖刺耳。彩鐵了心似地睜大眼睛。
這時候，突然有一隻手，抓住彩拿著電鋸的那隻手。
「住手！」
「伸、伸明？你沒死？我看你動也不動，還以為你已經死了……」
伸明的左手按住受到重擊的後腦，右手搶下彩手上的電鋸，將引擎關掉。他搖了搖頭，大概是意識尚未完全清醒。看他的樣子，應該還沒有完全掌握眼前的情況。
奈津子嘖了一聲。里緒菜高興地大喊：
「伸明，幹得好！伸明……你聽我說，大事不好了！」
里緒菜把伸明昏迷時所發生的事，一五一十地告訴他，包括這次命令的內容、還有遼自我犧牲的決定。
「遼說他想『成為男子漢、想要變得更像輝晃和伸明』，所以殺了自己。因為他一直很崇拜你和輝晃。」

「這個命令簡直就是要整死我們！里緒菜，妳好像穿得很厚，我只穿一件襯衫，可不可以借我一件？」

里緒菜用鼻子嗅了一下自己上衣的袖子。

「不行啦！」

伸明哀傷地看著遼的屍體。看到伸明的樣子，里緒菜的態度軟化了下來。

「我知道了！」

伸明拿著里緒菜遞給他的衣服，走到遼的身邊，在他身旁跪了下來，然後將自己的襯衫和里緒菜的上衣覆蓋在遼的身上。

「你跑了100公里呢……拖著疲累不堪的瘦小身軀……還背著彩一路跑到最後，真是太了不起了！我跟你打包票，你比我強太多了。看看你的手和腳……你一定很害怕吧，遼……」

伸明兩手拄在地上，將自己撐起，無限感慨地望著失去雙腳和左手的遼的屍體。

下一秒，他突然用手捂住臉，痛哭失聲。

「怎麼可以這樣……太殘酷了……！你不需要這麼做的……！」

伸明瞇起眼睛，再一次透過指縫，看著遼的屍體。

——這次的命令，就算我們再怎麼努力，也是無法達成的。

雙手、雙腳、頭部，勉強還可以，只要心一橫，還是辦得到。

問題是軀幹的部分。為了切下軀幹，就必須把雙手、雙腳，以及頭部切除。可是，頭一旦切下來，人就沒命了。要把頭部和雙手雙腳全部切除，根本是強人所難。

沒錯，這次命令是不可能達成的。國王為什麼要下這樣的命令呢……？

「你也發現了，對吧。」

彩的聲音打斷了伸明的思緒。伸明悲傷地往彩的方向看去，輕輕地點著頭。

彩的臉色非常蒼白，雙腳早已失去知覺。吃力地將自己撐起的她，盡可能地讓昏沉沉的意識勉強維持下去。

彩的左手臂流出大量的鮮血，衣服都被染成了血紅色。

伸明回過神來，開口說道：

「對不起，彩！我馬上幫妳止血！」

「我不要緊的……雖然我這個人一無是處，不過……」

話說到一半，彩的膝蓋無力地跪下，但是很快又站了起來。她面帶微笑地看著遼的屍體說道：

「……這樣好了，來聽我唱歌吧。這是一無是處的我，唯一能送給你的禮物。一場隨櫻花紛飛飄落的戀情。每到櫻花的季節總會想起你。來聽我唱這首……『櫻花雨』吧。」

彩吸了一口氣，重新整理好情緒。她的聲音聽起來非常虛弱，幾乎都快要聽不見了，但是淒美的旋律，還是緊緊扣住人心，讓人為之沉醉。

我倆曾經一起欣賞櫻花

雖然知道時間無法重來　但是我的喜悲始終隨你起舞
因為深深愛過　所以無法忘情
現在你依然在我心中
好想知道　現在的你在想什麼
那天的回憶　從來沒有忘記
始終縈繞在心頭
櫻花季節來臨　思念的愁緒更濃了
如果還能與你重逢　我一定不會再放手
今年　我又來到當年的那棵櫻花樹下
遙想著我倆當年的小小回憶

伸明沒聽過這首歌，但是不知為何，卻有種懷念的感覺。說不定，以前曾經在哪裡聽過吧。當他聽到彩的歌聲時，腦海中便自然浮現出那個旋律，讓他不禁以為是自己的錯覺。彩唱完歌之後，整個人便往前倒了下來。

伸明的身體完全不聽使喚，明明想動，可是卻動彈不得。呆立在原地的他，只有淚水無法遏抑，不停地傾洩而下。被塵封在內心的某種情緒，此刻全部甦醒過來了。

——智惠美，雖然明知道時間無法重來，可是……我還是想要回到過去。直到現在，我還是忘不了妳。

告訴我，智惠美，妳現在在想什麼呢？

那天的回憶，我從來不曾忘記。

如果還能與妳重逢，我一定不會再放開妳。當這一切結束的時候，真希望能像那時候一樣，和妳一起站在櫻花樹下，好讓自己再次向妳表明心意。

里緒菜跑過去，把昏倒的彩抱在懷裡。

「彩，妳不要緊吧？伸明，你為什麼站在那裡不動呢？」

「沒關係的，里緒菜。伸明，謝謝你聽我把歌唱完……謝謝你。」

彩帶著幸福的笑容，靜靜地閉上了眼睛，悄然無聲地停止了氣息。那首歌，是彩留下的最後的禮物。

這個時候，手機的鈴聲響了起來。

【6月7日（星期一）凌晨1點23分】

奈津子搜尋著聲音的來源。是剛才她扔給彩的那支手機發出來的。手機就在里緒菜的腳邊，只要伸手就可以拿到了。

不過，搶先拿到手機的人是伸明。他拿起手機，只見螢幕上面出現【未顯示來電】五個字。伸明就這麼接起了電話。

『終於通了！我叫宮澤！我接到消息，說你們班上發生那件事了。我是向本多奶奶問到手機號碼的。……我有一件重要的事，一定要告訴你們。』

「你怎麼可以擅自接我的手機！」奈津子怒氣沖沖地朝伸明跑過去。伸明瞪著奈津子大聲斥喝「站住」，還用手制止她。

「請問，你是哪位？你說的那件事……是很重要的事嗎？」

『33年前，我曾經在大學研究過生物學。為了調查那件事，我去過夜鳴村。當年那件事一直沒有查出結果，調查工作也停止了。後來我聽說，去年又發生了一起和33年前類似的事件，所以我又一個人跑去夜鳴村進行調查。』

伸明把手機設定成擴音功能。他對著奈津子說「先聽他把話說完吧」，然後便把手機放在地上。

『真沒想到33年前的悲劇又重演了……那個時候真應該把謎團解開，阻止這種恐怖事件繼續下去才對……

我們人類的身體，是由無數個細胞組合而成的。細胞擁有一套專門製造維生能量的機制。另外，人體裡還有許多會引起感冒和結核病的病毒。可是，病毒無法自行進行代謝，必須完全依賴宿主才能存活。也就是說，病毒無法自主繁衍，只有等其他的生物感染之後，才會開始增生。

33年前，我對一名死於夜鳴村事件的少女進行病理解剖時，檢驗出一種可能是在她體內產生突變的新種病毒。我把那個病毒取名為【凱爾德病毒】，並且開始進行研究。

病毒因為不具有生命最小單位的細胞，所以在生物學上被視為非生物。但是凱爾德病毒不一樣，擁有自己的結構體，也就是細胞。我擔心的是，凱爾德病毒本身可能具有「意志」，也就是「自我意識」。當時我感到非常困惑，因為如果是這樣，那還能叫做病毒嗎？』

宮澤說到一半停了下來，大概是在猶豫吧。過了幾秒，他好像打定主意似的，又繼續解說下去。

根據宮澤的說法，昨天他再度去拜訪夜鳴村時，發現一名中年男子和可能是高中生的男女屍體各一具。他把這3個人的部分遺體帶回研究室，沒想到從那名中年男子的體內檢驗出具有「自我意識」的新型病毒。

那是非常可怕的發現。宮澤為此感到非常害怕，因為33年前他所擔心的事，恐怕已經變成了事實。

凱爾德病毒分為兩種。因為細胞內部存在DNA和RNA兩種核酸，所以他各取第一個字母進行命名。有自我意識的是【凱爾德D病毒】、沒有自我意識的是【凱爾德R病毒】。

中年男子遺體上的是D病毒，33年前解剖的少女和那對高中生男女則是R病毒。R病毒沒有完整的粒子構造，所以不是具有傳染性的病毒粒子「病毒體」。也就是說，D病毒具有傳染性，R病毒則是不具傳染性的。另外，D病毒的致命力較弱，R病毒的致命力反而比較高。

33年前的事件，還有去年以及今年所發生的兩起事件，很可能是某個團體受到「有自我意識的病毒」感染所引起的。

通常，從宿主那裡感染到的D病毒，在入侵感染者體內之後會變成R病毒，造成感染者的死亡。如果感染到的D病毒沒有變成R病毒，則通常不至於致命。

按照這樣來推論的話，就是「最後存活的那個人，所感染到的D病毒，並沒有在他體內轉化成R病毒，所以才沒有死」。說得更明白一點，在上一次的事件中活下來的伸明和奈津子，體內的D病毒並沒有異變為R病毒。

『依我的推測，這種凱爾德病毒會藉由情感，而且是恐懼的情感發病。恐懼會產生連鎖效應，製造更多的恐懼。一旦恐懼到達極限時，人體內超過60兆的細胞也會發生集體異變。

這次的事件，應該就是病毒發作所引起的。因為細胞發生異變，引起寄生在人體內的病毒不斷繁殖。發病之後，D病毒一旦轉化成R病毒就會致命。也就是說，這種病毒是從人體內部進行破壞、控制肢體的自主能力。

另外，凱爾德D病毒極有可能擁有自主擴散的能力，就像是和透過網際網路自行增生的蠕蟲電腦病毒一樣。

目前還無法得知是什麼人、用什麼方式，把那些簡訊傳給你們的。以我的推測，這個擁有自我意識的病毒，可能具備有適應性，會變更識別檔案的種類，製造混亂，並且發送簡訊。說得更正確一點，就是讓手機可以「顯示簡訊」。

如果真是這樣的話，那麼，讓D和R兩種病毒結合，或許可以變成抗體。只不過，結合起來的病毒，致死率將比「生物性防護層級」中，被列為傳染力最高級、也就是第四級的伊波拉病毒高出許多，甚至可能會變成地球上最致命的病毒。所以，我們不能冒這種可能造成人類大毀滅的風險。

凱爾德病毒每天都在變化，藉由人傳人的過程，一點一滴地改變自身的結構。所以我們必須盡快想出解決的對策才行……』

伸明不由得發出哀鳴。

「在上一次的國王遊戲中被感染的是智惠美，這次換成了我嗎……」

『到目前為止，只有部分團體受到感染。可是，萬一病毒擴散開來的話……後果將不堪設想。』

「在上一次的國王遊戲中，國王曾經傳了一則內容寫著『我就在班上』的簡訊。原來這句話的意思是，班上的同學裡面有人感染到D病毒。智惠美把D病毒帶到班上，傳給了我。這是我唯一能想到的可能性。」

沉默了半晌，宮澤又開口說道：

『我一直在尋找結束這個遊戲的方法，最後得到的結論是「感染到病毒的人，也就是和這個事件有關聯的人，都必須從世上消失」。所以我在夜鳴村，把那名中年男子、還有那兩名高中生的屍體都火化了。』

「難道沒有辦法製造病毒的抗體嗎？」

『對不起，沒有辦法。請你諒解……接下來該怎麼做，就由你們自己決定了。我再強調一次，一旦這個病毒擴散開來的話，全人類都會滅亡的。』

電話就這麼掛斷了。

【6月7日（星期一）凌晨1點45分】

伸明、奈津子，還有里緒菜三人一臉茫然地站著，任由時間一分一秒地過去。

過了一會兒，伸明終於打破沉默說道：

「奈津子，妳並不瞭解這次命令真正的意思。這次的命令……我們是永遠也無法達成了。」

伸明解釋的理由是，就算自己咬著牙把雙腳、雙手、頭切斷，可是軀幹的部分，再怎麼樣也不可能由自己動手。

聽完伸明的解釋，奈津子和里緒菜仍舊一臉木然，沉默不語。她們的內心應該已經有最壞的打算了吧。

「剛才的話你們都聽到了吧？雖然那個人沒有明說，不過他一定是想要這麼說，『你們不可以活下去』。所以，接下來我們應該怎麼做，妳們很清楚吧？」

「這件事跟我沒有關係。」

「奈津子，妳之前在國王遊戲裡發生了什麼事，可以告訴我們嗎？我記得妳說過，最後要殺死妳最痛恨的人，對方到底是什麼樣的人？」

「……那傢伙總是裝出很冷靜的樣子，眼神就像冰一樣冷酷。她曾經看著我的眼睛，笑著說：『只要心一橫，就可以輕鬆地殺人喔。妳殺殺看，殺殺看嘛！』跟我這麼說的那個女人，總是面無表情，連笑也不笑一下。」

聽到奈津子的描述，伸明腦海裡浮現出一個人影，那個人也同樣那麼冷酷。

——是莉愛。莉愛和奈津子？她們兩個人應該不合吧。

「奈津子，妳想保護的人……是什麼樣的人？是從懸崖跳下去的那個人吧？」

「……那個只會說場面話的笨蛋，還說要保護大家呢。其實【切勿做出國王遊戲中不必要的行為】的命令，就是【不要妨礙那個人】的意思。當他解開這個謎題的時候，沒找我商量、也沒說一聲，就自己跳崖了。」

剎那間，伸明的腦海裡閃過一件事。一股難以言喻的哀傷湧上心頭。

——這次，因為【切勿做出國王遊戲中不必要的行為】這道命令而死的人，只有勇一和俊文。他們2個人在那座公園裡做的事……就是【妨礙金澤伸明】。因為妨礙到我，所以受到處罰……從當時的狀況來解釋，就是傷害我的人，會受到懲罰。

擁有自我意識的病毒……國王他在保護我？怎麼可能有這種事……

在上一次的國王遊戲中，感染D病毒的人是智惠美。她把D病毒傳染給我，藉由我帶到現在這個班級。難道所謂D病毒的自我意識，其實是智惠美意識的反映嗎……？

「……這是最後的問題了。」伸明忍著淚水問道：

「妳看到的那31個字的簡訊，究竟寫了什麼，能夠告訴我嗎？」

「就是這個讓人看不懂的內容。【能夠遇見你是我這一生中最幸福的事，我對你的感情永遠都不會改變。】」

突然，奈津子冷不防地撲向伸明。她雙手緊緊掐住伸明的脖子，情緒失控地大聲咆哮道：

「我要殺了你！我要活下去！不管用什麼方法！」
伸明也掐住奈津子的脖子，兩個人互相擒住對方的咽喉。
「住……住手……」
伸明感覺到奈津子的脖子流出鮮血，滴到了指尖。血液規律地汩汩流出，透過手心，還可以感覺到奈津子的體溫。
奈津子的臉看起來就猙獰的修羅一樣，拇指深深陷入伸明的咽喉裡。
伸明鬆開掐住奈津子的手。淚水在眼眶裡打轉，沿著臉頰滑落。
伸明感到全身的力氣用盡了，臉上的血色漸漸退去……
突然，一種聽起來像機械高速運轉的轟隆聲劃破了寂靜。伸明回過神，看到里緒菜瞪著大眼，聲嘶力竭地吼道：
「不准妳殺伸明！因為伸明是里緒菜的……是里緒菜的……」
里緒菜把電鋸的鋸齒刺向奈津子的背部，快速轉動的刀刃削去了奈津子的肉。奈津子的背部，瞬間噴出了大量的鮮血。
里緒菜的臉被濺出的鮮血給染紅了。
「不准妳殺伸明！」
奈津子的膝蓋咚的一聲跪倒在地，原本勒住伸明的雙手鬆開了，整個人直接往伸明的方向倒下，伸明趕緊撐住她的身體。
奈津子的全身重量都壓在伸明的手臂上，就跟智惠美倒在他懷裡的時候一樣。

里緒菜的呼吸變得慌亂，透明的淚水和著血，從臉頰滑落。
「伸明，你會活到幾歲呢？80歲？還是100歲？」
「……嗄？」
「即使只有一點點也好……把你的時間分一點給里緒菜吧，只有一點點也好……」
「……為什麼你到現在……還是不懂……少女的心呢……」
話才說到一半，伸明的脖子突然出現一條紅色的線。
奈津子的手伸向里緒菜拿著的電鋸的握把，使勁一拉，鋸齒就這樣劃過了伸明的脖子——
「……我要拉你……下地獄……」
伸明用手摀著脖子，眼淚流了下來。那是不管怎麼擦，也擦不乾的淚水。
「好想回到那個時候……多希望以後還能與你相遇……里緒菜已經不知道……該怎麼辦才好了……」
伸明的眼睛不再流下淚水。淚水已經哭乾了。
然後就像是要覆蓋住奈津子一樣，往地上倒臥而下。
就這樣，伸明和奈津子兩個人，以互相擁抱的姿勢，倒在地上再也沒有動靜了。
里緒菜跪在地上，抬起頭，仰望著夜空。
「現在這個樣子……現在這個樣子……叫里緒菜怎麼辦呢！」
里緒菜抓起伸明的手臂，將他的屍體拉往沙灘的方向，沿途留下了一道長長的紅色痕跡。

宣告季節轉換的風，不停地吹著。掛在夜空中那輪缺角的明月，發出像是紫藍色與血紅色混合而成的詭異色彩。平靜無波的海平面，像一面大鏡子，靜靜地反射出皎潔的月影。呈弧形綿延的海岸線、像積雪般發出雪白光澤的沙灘、還有靜靜爬上岸又悄悄往後退的海浪。里緒菜呆坐在沙灘上，讓伸明的頭枕在自己的大腿上。她凝視著伸明的臉，慢慢地靠近。

「我知道這樣犯規，可是我真的很喜歡這個人。請原諒里緒菜的任性。」

里緒菜低下頭，輕輕地吻著伸明冰冷的雙唇。

——要是你活著的時候，我們也能像這樣接吻就好了。感覺一定很溫暖吧，不像現在冷冰冰的，一點溫度也沒有。噯，回答我吧。我沒有經過你的同意，就吻了你耶。要是覺得討厭的話，要跟里緒菜說一聲喔。

豆大的淚珠從里緒菜的臉頰滑下，滴落在伸明的臉上。然後，里緒菜壓抑不住似地提高了音調：

「不要悶不吭聲嘛！你說句話好不好！不想理我嗎？里緒菜在問你耶！」

里緒菜用拳頭搥打著伸明的心臟部位。打累了之後，又抱起伸明的頭，像是在哄小嬰兒般地輕聲呢喃。

說了幾句之後，她突然站起身，朝著月光閃耀的海面走去，拖著伸明的身體迎向海水。

里緒菜和伸明的身影，就這麼消失在夜晚這片光線昏暗、遼闊無邊的大海中。

【6月7日（星期一）凌晨1點58分】

奈津子的祖母坐在靠院子的走廊邊，望著天空那輪透出血紅色的月亮。

「……奈津子，雖然妳出生沒多久之後就再沒見過妳父母，不過妳是個乖巧善良的好孩子。妳很努力用功，還說『我將來要當幼稚園褓姆，幫助那些跟我一樣無父無母的孤兒，帶給他們們夢想』。可是自從去年夏天發生那個事件之後，妳就變了一個人，從此再也看不到妳真誠的笑容。我想妳一定受了很大的委屈吧……難道，悲劇又重演了嗎？」

老祖母回憶起33年前發生的那場悲劇。

33年前，夜鳴村有一對年輕的男女陷入了熱戀，彼此互許終身。他們是本多一成和本多奈津子。跟妳同名同姓呢，奈津子。可是，由於一成和奈津子是遠房親戚，村裡的人強烈反對他們兩人結婚，甚至禁止他們交往。畢竟，那個時代跟現在不一樣啊。

活生生被拆散的打擊，反而讓他們更加難分難捨。

就在此時，村裡陸續發生了有人離奇死亡的案件。不久之後，村民們都收到內容寫著命令的信。凡是不服從的人，都會陸續死去。

我因為在那一年的春天得了肺結核，被送往村外的療養院休養，所以逃過這一劫。

那場危機，讓一成和奈津子的感情變得更加堅定，直到發生了那個事件為止。

某天，有個村民突然說「殺死村民的犯人是奈津子」，說她是「因為和一成的感情遭到村民阻撓，心生怨恨，所以才會痛下殺手」。甚至還有人指證歷歷地說「親眼目睹奈津子寄出那些奇怪的信」。

「我不知道什麼信！不是我！」不管奈津子怎麼否認，村民們就是不相信。

人啊，一旦受到逼迫，就會變得脆弱。也許村民們是為了安全感，所以才會把莫須有的罪名，加諸在某個人的身上。最後，奈津子被好幾個村民帶到村外，推落懸崖。

奈津子失蹤後，一成到處尋找她的下落。村民告訴他「奈津子離開了村子，而且已經死了」。

從那之後，一成每天都在悲傷中度過。可是村民們還是陸續死去，最後只剩下4個人。後來，一成終於也接到了命令信。聽說，那是一個絕對不可能達成的命令。

一成早就有必死的覺悟，於是他把村子裡發生的離奇事件記下，想要流傳給後人。可是，沒想到就在這時候，衣衫襤褸、連內衣也坦露在外的奈津子，突然出現在他面前。此時的奈津子，早已失去了聽覺。

被村人推落山崖的奈津子並沒有死去。她在鬼門關前徘徊了幾天之後，終於從地獄回來了。

一成從奈津子口中知道事情原委後，憤怒得幾乎發狂。過去一直以為，村民都是純良百姓的一成，實在無法接受如此殘酷的事實。

從這一刻開始，一成打從心裡痛恨村民。

之後發生了什麼事，沒有人知道……不過，可以確定的是，殺死奈津子的人就是一成，但他始終沒有解釋為什麼要那麼做。

說不定，寄出那些命令信的人，真的是奈津子。她和一成的戀情遭到反對，內心一定非常痛恨那些村民吧？也許，她被村民推落山崖失蹤的那段時間裡，還繼續寄出那些信。

也許，她在最後寫信給她的愛人一成，要他「殺了奈津子」。為了被殺，她才會再次出現在一成面前。現在看來，這種事情實在離譜得令人難以置信吧。

……奈津子被推落山崖後過了12天終於死去，然而她死前看起來就像個醜陋的老太婆，大概是在那12天期間，飽受痛苦折磨的緣故吧。

一成在距離夜鳴村有段距離的郊外蓋了一座鳥居牌坊，把奈津子的屍體葬在那裡。並且在上面放了12顆石頭，還有奈津子生前最喜歡的兔子布偶，就這麼供奉著。

16年之後，一成和高尾理惠結婚，生下兩個女孩。是一對雙胞胎，而且是異卵雙胞胎。

一成給姊姊取名為奈津子，妹妹則取名為智惠美。他會這麼做，很可能是出於親手殺死奈津子的內疚吧。一成每次見到奈津子時，都會無法控制地吶喊大叫「奈津子」這個名字。後來……他跑來找我，希望我能收養奈津子。雖然他知道這麼做，是無法被原諒的事……

他決定等奈津子和智惠美高中畢業時，也就是她們到了足以理解大人世界的年紀，再讓她們姊妹倆相見。距離那天，只剩1年又幾個月了。

……奈津子，真是對不起，一直沒跟妳說這件事。

……智惠美……智惠美是什麼樣的女孩子呢？好想看看她長大後的樣子，好想看看姊妹倆站在一起的模樣啊。

如果她們知道，彼此是雙胞胎姊妹的話，又會怎麼想呢……

【6月7日（星期一）凌晨2點2分】

『……伸明，我有一個雙胞胎姊姊對不對？她是什麼樣的人？』

智、智惠美……？太好了，終於見到妳了。智惠美的姊姊奈津子……她和智惠美長得很像，是很乖巧的女孩子喔。

『真的嗎？太好了！好想見她一面喔。我一直很想要一個姊姊呢。』

智惠美以前就常常說，希望自己有個哥哥或姊姊呢。

『嗯。對了，國王遊戲進行得怎麼樣了？』

……已經結束了。

『太好了，真的是太好了。我就知道伸明一定辦得到。不過我要拜託你，不要來我這邊喔。』

妳離開那天的事，我始終都沒有忘記。那時候，我忘了跟妳說一句很重要的話，那句話就是「讓我們再重新交往吧」。

智惠美，我終於明白國王留下來的那些【未傳送簡訊】的意思了。

——意思就是「思念」。

【能夠遇見你是我這一生中最幸福的事，我對你的感情永遠都不會改變。】

這是奈津子收到的簡訊。我想，那一定就是死於夜鳴村的奈津子，在被妳父親勒死時的心情吧。

【將你們全部三十一個人的性命奉獻犧牲，藉以換取本多奈津子的復活。】

而我接收到的這則簡訊，則是妳父親在勒死奈津子時的心情。智惠美的父親非常痛恨夜鳴村的村民，甚至包括他自己。如果連他也算進去的話，剛好是「31」個人。

那2則簡訊，有著2份交錯的心情。

未傳送簡訊裡的文字是有意義的。那是沒能傳達給倖存者的心情，因為他們想告訴大家，當年夜鳴村究竟發生了什麼事。

智惠美和奈津子，透過國王遊戲這齣悲劇，延續了他們當年的心情。

智惠美在那個時候……在臨死之前，究竟是抱著什麼樣的心情呢？

＊　＊

全班同學的手機同時響起。那是集合全體31個人的未傳送簡訊內的文字，所串起來的文章。

那則簡訊，剛好由31個字所組成。彷彿打從遊戲一開始，這31個人就註定必須全數犧牲一般。

【6／7星期一02：02　寄件者：國王　主旨：國王遊戲　本文：希望伸明能夠連同大家的份過著永遠幸福的日子，我相信這樣的未來。　END】

【死亡5人、剩餘0人】

終章

【6月8日（星期二）午夜0點0分】

伸明房間的窗戶被打開了。泛著詭異紅色光芒的月光灑了進來。窗簾被微風吹起，隨風搖曳飄盪著。

伸明的母親，在他的書桌上放著熱飯、味噌湯，還有燉魚。

她的視線移到一旁的小桌子。桌子的抽屜打開了一道縫，好像放了什麼東西。

打開抽屜，裡面有一本筆記本，封面寫著【給母親】。

伸明的母親翻開筆記本。

【我想，我大概永遠沒辦法回到這個家了……】

才看到第一行，她就把筆記本闔上。

「媽媽相信你一定會回來的。不管什麼時候，媽媽都會等你回來，伸明。」

母親步出伸明的房間後，從窗外吹進來的風，將筆記本啪啦啪啦地一頁頁掀起。

——我想，我大概永遠沒辦法回到這個家了，所以我留下這封信。

剛才，我突然想起媽以前跟我說過的話。

『父母親能留給孩子的不是金錢和物質。做父母的能留給孩子的，是「教育和心」。』

因為無法當面問您，所以我只好寫在信上了。

我是在什麼樣的教育下長大的呢？

媽……對不起。真的很對不起。

請原諒兒子的不孝。

我們是為了什麼目的而活呢？又為什麼必須活呢？

我是這麼想的——活著是為了實現夢想和希望，體驗快樂。

就算是日常生活中的小事也好。每天都要過得愉快、追求夢想、為了明天而努力、和朋友一起編織回憶。

朋友……如果沒有朋友，就無法過著快樂的日子。沒有朋友，就算夢想實現了，也不會感到開心。

他們是跟自己分享喜悅的人。

朋友是人活著不能缺少的伙伴。也許，人都需要回憶吧……「活著」就是為了完成一個名為回憶的故事，也就是以自己為主角、內容是「活著的證明」的一篇故事。

故事裡出現的角色有朋友、父母親、男朋友、女朋友，還有這一輩子認識的所有人。

這個故事必須用一輩子的時間慢慢寫，想想還是真是工程浩大呢。

不管是什麼樣的小說、戲劇、還是電影，都無法超越它。

和彼此相愛的人一起將愛延續下去，生養下一代。將來，他們也會繼續創造新的故事，把自己的意念編織成回憶。

小的時候，一想到死這件事就覺得很恐怖，甚至晚上還會因此睡不著覺。可是那時候，自己也搞不清楚究竟在害怕什麼。
等到年紀稍微大一點，體驗過死亡的恐懼後，我終於懂了。
因為，一切都會被毀滅。
死了的話，就什麼感覺也沒有了，以後也不可能再見到朋友。
死了的話，曾經懷抱的夢想、希望和未來都會在瞬間消滅，所以才會感到害怕。
那的確是無法承受的恐懼，因為對這個世界還有眷戀。
也許，我的想法很愚蠢又很單純吧？可是我真的是這麼想的。
直也將來的夢想，是當一名救人的消防隊員。
他曾經很開心地這麼跟我說。
智惠美喜歡小孩，所以她的夢想是當一名幼稚園褓姆。
她還一臉興奮地跟我說，想要帶給孩子們夢想。
至於我呢？我的夢想就是……終結國王遊戲。
國王遊戲終結的那天，會是何年何月何日呢？那一刻的我，會是什麼樣的表情呢？是大笑嗎？還是大哭呢？也許是又哭又笑吧？
我想和大家分享這個喜悅，想和死去的同學們一起咀嚼快樂的感覺。
大家圍坐在一張擺滿豐盛的料理、果汁和蛋糕的餐桌前，頭上戴著三角帽，然後一起拉響砲慶祝，這樣多好啊！
接下來，活著的同學將會展開一場國王遊戲，體驗到國王遊戲真正的恐怖。

到時候，大家心裡會怎麼想呢？又會暴露出什麼樣的人性呢？

雖然知道明天有可能會死……但是，即使如此，我還是希望能活到最後一刻。

＊　＊

漆黑的廚房裡，電視機螢幕突然開啟。畫面的亮光將房間照成一片青白色。突然間，電視機發出了警示音，接著，畫面出現一道跑馬燈字幕。

【國王遊戲：這是住在日本的所有高中生一起進行的國王遊戲。國王的命令絕對要在24小時內達成。※不允許中途棄權。＊命令1：廣島全部的高中生移動到岡山縣　END】

逆思流

國王遊戲〈終極〉

（原名：王様ゲーム 終極）

作者／金澤伸明
譯者／許嘉祥
發行人／黃鎮隆
副理／洪琇菁
責任編輯／路克
企劃宣傳／邱小祐・劉宜蓉
副總經理／陳君平
國際版權／黃令歡
美術編輯／李政儀
文字校對／許煒彤

出版／城邦文化事業股份有限公司 尖端出版
台北市中山區民生東路二段一四一號十樓
電話：（〇二）二五〇〇－七六〇〇
傳真：（〇二）二五〇〇－二六八三
E-mail：7novels@mail2.spp.com.tw

發行／英屬蓋曼群島商家庭傳媒股份有限公司城邦分公司
尖端出版 行銷業務部
台北市中山區民生東路二段一四一號十樓
電話：（〇二）二五〇〇－七六〇〇（代表號）
傳真：（〇二）二五〇〇－一九七九
讀者服務信箱：sandy@spp.com.tw

中彰投以北經銷（含宜花東）／高見文化行銷股份有限公司
電話：〇八〇〇－〇五五－三六五
傳真：（〇二）二六六八－六二二〇三

雲嘉經銷／威信圖書有限公司 嘉義公司
電話：（〇五）二三三－三八五二
傳真：（〇五）二三三－三八六三

南部經銷／威信圖書有限公司 高雄公司
電話：（〇七）三七三－〇〇七九
傳真：（〇七）三七三－〇〇八七
客服專線：〇八〇〇－〇二八－〇二八

香港總經銷／城邦（香港）出版集團有限公司
香港灣仔駱克道一九三號東超商業中心一樓
電話：（八五二）二五〇八－六二三一
傳真：（八五二）二五七八－九三三七
E-mail：hkcite@biznetvigator.com

法律顧問／王子文律師 元禾法律事務所
台北市羅斯福路三段三十七號十五樓

二〇一二年四月一版一刷
二〇二〇年五月一版二十七刷

■中文版■

郵購注意事項：
1. 填妥劃撥單資料：帳號：50003021戶名：英屬蓋曼群島商家庭傳媒(股)公司城邦分公司。2. 通信欄內註明訂購書名與冊數。3. 劃撥金額低於500元，請加附掛號郵資50元。如劃撥日起 10～14日，仍未收到書時，請洽劃撥組。劃撥專線TEL：(03) 312-4212 ・ FAX：(03) 322-4621。E-mail：marketing@spp.com.tw

國家圖書館出版品預行編目資料

國王遊戲 終極／金澤伸明著；許嘉祥譯. — 1版. —
臺北市：尖端出版，2012.04
面；公分
譯自：王様ゲーム 終極
ISBN 978-957-10-4813-0（平裝）

861.57　　101001091